在奇萊山上遇見熊

馬景珊◎著
潔　子◎圖

名家推薦

陳幸蕙（作家、少兒文學名家）：

這是一個在奇萊山下展開的雋永故事，背景為南投山區偏遠的靜觀部落，一名都市男孩在這裡度過了一個美麗的夏天，也展開了一場別具意義的豐富之旅。全書在充滿畫面感的文字寫實外，饒富奇幻色彩，夢境與現實的對照，處理生動，舒伯特《野玫瑰》旋律貫串全書，訴諸聽覺，亦是極佳的背景設計。作者一方面呈現了對原住民文化的尊重，另方面也藉追尋台灣黑熊和山老鼠盜林的敘述，誠懇思考生態保育課題，對都會文明與山野自然召喚的兩難困境，亦多所省思。全書以「箭」意象始，也以此作結，首尾呼應，布局完整，掩卷之際，令人不覺莞爾。

李偉文（少兒文學名家）：

總是覺得在孩子次數並不多的暑假，將他們送到安親班或補習班，實在是太可惜了，若是能像《在奇萊山上遇見熊》一樣，讓孩子回到鄉下老家，或到海邊或山裡頭度過一段長長的，不一樣的假期，除了可以給孩子留下一段難忘的回憶，相信對孩子想像力與創造力的學習也會有很大幫助。這是個充滿浪漫奇想的故事，也帶入許多生態知識與原住民部落的傳統習俗，好看之餘也可增進孩子許多自然常識。

目錄

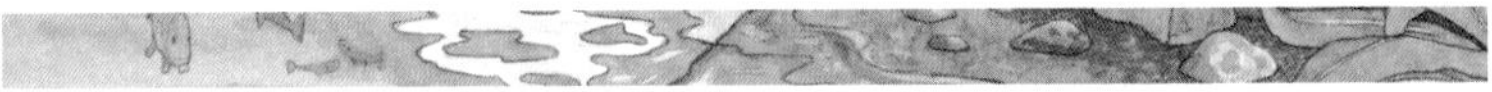

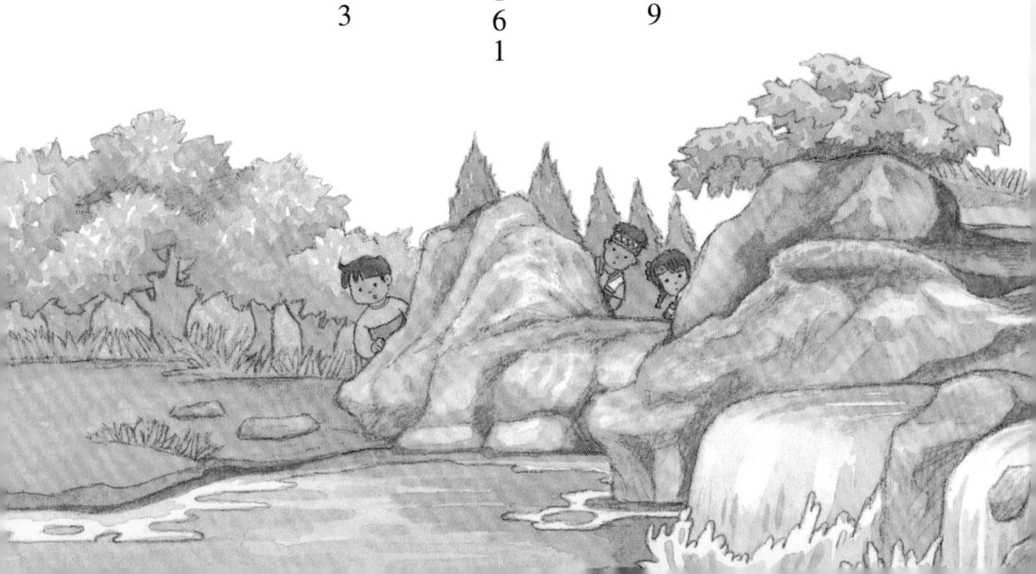

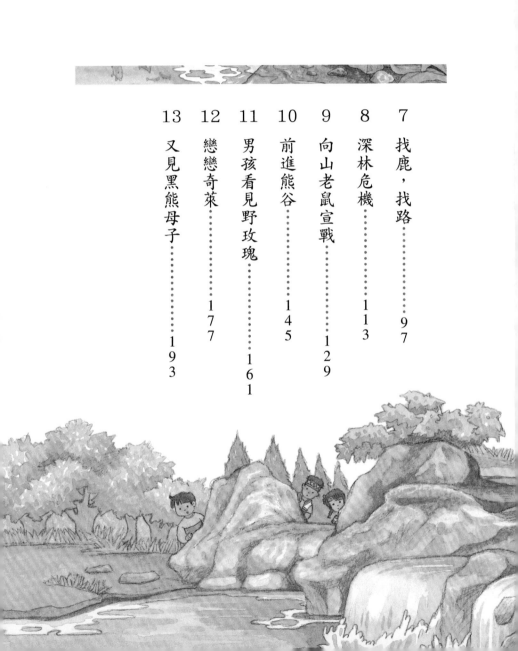

1

鳳凰花開時

看吧，光陰真的像箭一樣飛馳，老師說的話一點兒都沒錯——當時新生入學的情景還在眼前，彷彿才昨天的事情，卻在轉眼之間就畢業了。

「箭」的速度真的好快哦！

上個星期，學校操場旁那幾棵鳳凰木開出一簇簇野紅的花朵；而鳳凰花開總是會讓人想到，畢業典禮就要到了。

今天早上學校舉行畢業典禮，雖然我有點依依不捨，但也還不至於像班上那些女生，因為太過於感傷而哭成一團。除此之外，我還想說：我得獎了！

得什麼獎呢？嗯，是「獅子會長獎」。

得獎這件事情真令人愉快，

但唯一美中不足的是，領獎時司儀竟然口誤說成「獅子會長腳」。天哪！這不僅引起全場笑聲，更讓我站在台上尷尬極了。我猜想，司儀很可能是聽完校長的致詞，才造成一時口誤——校長說：「你們現在已經是長了腳的蝌蚪，馬上就要變成青蛙了！」

的確令人感到振奮，今年的夏天肯定更加充滿活力與朝氣。

「張大久——」門外傳來媽媽叫我的聲音。

這時我才猛然想起：大門的電鈴幾天前就故障了！我馬上以迅雷不及掩耳的速度，很快按下手上遊樂器的暫停鍵，然後三步併作兩步地跑向大門，把門打開。

媽媽站在門外紅著臉，氣喘如牛：「快來幫忙！」

我接過媽媽手上提的購物袋，並且站到一旁讓她走進來；我

意識到今晚爸爸要回來吃飯，否則她通常只會買便當或者其他熟食回來。

爸爸是警察，他在台北市警察局上班。也許是勤務的關係，他無法經常回家吃飯；因此他只要有空回來，一定堅持吃媽媽親手煮的菜，他認為這樣才有「家的味道」。

相較於爸爸的堅持，我反倒比較贊同媽媽變通的辦法。媽媽在旅行社上班，有時她加班或是帶團出國，我經常一天三餐都在超商解決；只是爸爸似乎很不喜歡吃這種被微波爐「電」過的速食，還是固執地堅持他的想法。

總之呢，爸媽的工作太忙，忙到今天也沒參加我的畢業典禮。這讓我感到有點兒失落。

媽媽在廚房裡一旦忙起來就停不住。

四十分鐘之後，廚房裡先飄出一陣烹調食物的味道，很濃郁的菜香；我想這大概就是爸爸所謂的「家的味道」吧。

我手裡握著遊樂器的控制搖桿，肚子裡開始轆轆作響。「我肚子好餓哦，爸爸怎麼還沒到家？」

「差不多了——」媽媽大聲回答，「大久，你先過來幫忙擺碗筷。」

我再次按下暫停鍵，起身朝餐桌走去。

不久，等我擺好碗筷，家裡的電話就響了。我看了一眼掛鐘：七點整。我猜想很可能是爸爸打回來的。

媽媽搶先拿起電話。我看她皺起眉頭，嘴巴「嗯」了幾聲，說：「那我們先吃了，你忙完就快點回來。」

果然不出所料，爸爸決定的事情經常會臨時改變。媽媽說爸爸在回家的路上意外抓到一名搶匪，現在正在警局裡作筆錄。這

種突發狀況經常發生，爸爸說依法維持社會秩序是警察的職責。

掛上電話之後，媽媽雙手一攤，表情十分無奈，並要我端菜上桌。她說，爸爸特意選在今天回家吃晚飯，主要是想一起慶祝我小學畢業。

原來，爸媽沒有忘記「蝌蚪要變成青蛙」這件事。

媽媽今天煮的菜十分豐盛，而且都是我喜歡吃的菜。我們邊吃邊聊，我告訴媽媽早上頒獎典禮時發生「獅子會長腳」的糗事，和女同學哭成一團的趣事。

「晚一點爸爸回來再一起切蛋糕，」媽媽說，「我們也有禮物要送給你。」

坦白講，我沒有太多的驚喜。

我很清楚爸媽會給的禮物，不是文學名著就是名人傳記，或者文具簿冊、參考書之類；但我仍舊裝作好奇地問道：「什麼禮物呀？」

「你猜猜看——」媽媽扮了一個奇特的表情，然後以鄭重口吻對我說：「對了，下星期媽媽要帶團出國，這段時間你就到補習班好好加強你的英文和數學……每天記得練琴……補習班媽媽明天幫你報名。」

「媽——」我心知不妙，「我不想去啦！」

「不行，沒人在家督促你，後果不堪設想。」媽媽擔心我整天沉迷電玩，「你看隔壁的羅弘翔，聽他媽媽說，這個暑假……」

「哎喲——」我阻止媽媽繼續說下去。

媽媽就喜歡拿別人和我作比較，特別是羅弘翔。人家補習，她就要我也去補習；人家學鋼琴，她也一樣要我跟著去學……。

雖然，我並不十分討厭做媽媽要我做的事，但感覺起來非常被動，做的都不是自己發自內心想做的事。

「好，媽媽不拿你跟羅弘翔比，但你要好好利用暑假的時間，加強你較弱的科目。」媽媽拍拍我的頭說。

我心想：完、蛋、了！一經媽媽決定的事情幾乎都沒有改變的餘地。

「可是……」我欲言又止。

媽媽一副「沒什麼好可是」的表情。

雖然這件事情看來已是「箭在弦上不得不發」，但我還是默默的將希望寄託在爸爸身上，希望他能讓「箭」射往我想要的方向。

九點初，媽媽的手機鈴響；是爸爸來電，說他現在人在地下停車場，要我馬上下樓到停車場幫忙拿些東西。

「快去，說不定有什麼好東西要給你。」媽媽說。

我看媽媽的表情似笑非笑，心想，該不會是爸爸真的買了什麼令人驚喜的禮物，這種不確定感大大的引發了我的好奇心。

為此，我以最快的速度衝到停車場，只見爸爸站在我們家的停車格前對著我招手。我邊走邊跳，等走近前去，很快便看見爸爸的汽車行李廂上，放著一台簇新的單車：一台登山腳踏車！

我迫不及待的問：「這是誰的登山車？」真令人難以置信。

「喜歡嗎？」爸爸說：「這是張大久的畢業禮物。」

我笑著拍拍單車座椅，眼睛逐一掃過單車的各個部位零件：把手、前避震器、齒輪盤、越野車胎、擋泥板……！

爸爸將登山車從附加的車架上卸下來。

我雙手握住手感極佳的車把手，在爸爸的示意下跨上單車，隨興就在停車場裡騎乘起來。奔馳的單車令人感到舒活而從容，

變速器準確地調撥鏈條，這感覺確實要比坐在鋼琴前認琴譜上的「豆芽菜」來得有趣。

我在停車場繞了幾圈後停下來，爸爸走上前來拍拍我的肩膀。「趁暑假多到戶外走走，好好鍛鍊身體，別老是在家上網聊天、打電玩。」

有了這部登山車，我當然是恭敬不如從命囉。

爸爸繼續說：「媽媽下星期又要帶團出國，爸爸也沒時間陪你，我看你要不要到山上瓦浪舅舅家裡玩玩，叫瓦浪舅舅帶你爬爬山，多活動活動。」

我沒聽錯吧！「真的嗎？」

「爸爸什麼時候騙過你？」

哇——太棒了！

我心想，原來爸媽還沒談過這件事；於是我把握大好機會，將媽媽硬要我去補習的事情告訴爸爸。

爸爸很開明，對於我的處境也很同情；他沒有猶豫，即刻答應上樓之後要找機會和媽媽溝通。

隨後，我和爸爸一起上樓，這時蛋糕店恰好也送來媽媽訂的蛋糕。媽媽說，為了慶祝我的學業即將更上層樓，她特地訂了象徵性的兩層蛋糕。我們將客廳的燈光調暗，並且點燃色澤漂亮的造型蠟燭……

「希望大久健康快樂，鵬程萬里。」

「嗯，祝大久更上層樓，如願進入理想的學校。」

爸媽都說了祝福的話，接著要我許願。爸爸暗中對我使了眼色，我隨即會意過來——他要我藉機說出暑假想做的事。

當下，我不加思考便說：「希望暑假期間可以不要去補習班……，然後……嗯，想到瓦浪舅舅家玩……」

「許願要有展望。」媽媽毫不留情糾正我許願的內容，然後還露出一種令人懷疑的笑意問道：「第三個願望呢？」

我想都沒想，馬上在心裡默默的說出我的第三個願望：希望能做自己想做的事情。

切蛋糕前，媽媽終於拿出她要送我的禮物，並要我馬上拆開看看是什麼東西。我很快撕開包裝紙，看著精美的紙盒上印著燙金的字體：從韓德爾、巴哈到莫札特、貝多芬……

「媽媽特別為你買的古典音樂全集。」爸爸邊說邊對我眨眼睛。

媽媽興致勃勃地打開盒子，隨意拿出一張ＣＤ看了一下，然後放進音響裡，按下播放鍵。她說：「這首《仲夏夜之夢》，是孟德爾頌看了莎士比亞的劇作後，深受感動所作出的音樂，相當好聽。」

輕快的節奏和流洩的旋律像濃霧，很快就在客廳瀰漫開來。爸爸趁著切蛋糕時的愉快氣氛，要媽媽答應讓我到瓦浪舅舅家去「long stay」；媽媽這時候可能因為心情不錯，很快便答應讓我自己決定今年的夏天要做什麼。

隨著音樂的放送，媽媽露出十分陶醉的神情，讓我覺得這套古典音樂全集好像是媽媽買來送給自己的禮物。

媽媽說：「作這首曲子的孟德爾頌，從小就是如莫札特一般的神童，十二歲就能寫出動人的曲子。」

十二歲的神童？

今年我恰好也是十二歲……！媽媽到底想告訴我什麼啊？

2 我的仲夏夜之夢

隔天，我被一隻大黑熊嚇醒了！

我作了一個夢。我記得當時是在一座蒼鬱茂密的森林中，樹冠層上有陽光，像巨大的電光寶劍刺探進來，山嵐雲氣在四周緩慢地移動……加上空氣裡聞得到濃郁的草本香，和木頭腐爛的氣味……

我好像是在森林中迷路了。起初，我走在一條崎嶇難行的山溝裡，看到許多紅色的花朵，動物糞便的氣味很重。我手裡拿著一根竹竿，邊走邊撥開叢生的草枝和藤蔓，還得不停清除蜘蛛四處掛上去的網。

我感到非常著急，因為一群聒噪的猴子對著我咧嘴猛叫，似乎是在警告我闖進了牠們的地盤。我很緊張，想快點找到出路。就在這個時候，我看見隔壁鄰居，那個經常考第一名的羅弘翔，坐在橫倒的樹幹上對著我笑。

雖然我滿討厭羅弘翔，但在這個緊要關頭，我還是毫不考慮地大聲叫喚他：「羅弘翔——」

「嘿，」羅弘翔站起來說，「在這裡大家都叫我帕克。」

「帕克！什麼帕克？」我問他。

「我就是這座森林的精靈帕克，在這裡，任何事情你都可以問我。」

夢裡和羅弘翔的對話我記得很清楚，我一聽他說得這麼自在，便趕緊告訴他：「我迷路了！」

「唉——我就是因為迷路走不出去，才變成精靈帕克。」羅弘翔的語調忽然變得感傷起來，「但我還是可以告訴你怎麼走出去……」

「你快說呀！」

「好，你聽清楚。」羅弘翔抓抓他的後腦勺，「首先，你必須先找到一株盛開的野玫瑰。」

野玫瑰？我想應該不會很難。我點點頭。

「然後哦，你還要會唱舒伯特的《野玫瑰》。這是通關密語。」

「你是說那首開頭是『男孩看見野玫瑰』的《野玫瑰》？」

「對啊，這首歌曲的旋律簡單，每個人都能立刻琅琅上口，如果你不會唱，很可能就無法擺脫精靈的纏鬧，會一直被留在兩個太陽的世界裡。」

我被羅弘翔搞糊塗了。「兩個太陽的世界？」

「就這裡嘛！」羅弘翔這時候開始幻化成精靈帕克的模樣給我看；他的形體變得圓軟輕滑，像滑溜透明的蛋白那樣滑到我面前。「跟你說哦，要在短時間內離開這裡，最直接的方法就是射下一個太陽，但這麼做幾乎等同於神話的難度。」

「……那怎麼辦？」

「嗯，在童話故事中，任何事情不是都充滿了可能嗎？記住，只要堅持你的童靈夢想，保有前進的熱情，去做自己想做的事，就能避開惡靈的糾纏，很快找到離開這裡的路，回到一個太陽的世界。」

我望著這個羅弘翔變成的精靈帕克，雖然他說的每一個字都很清楚，但我還是聽得很模糊。

這個名叫帕克的精靈又說：「獅子會長腳哦——」

這時候，校長突然間出現在我眼前，從水塘裡用雙手捧起許多長了腳的蝌蚪，然後隨手將牠們放在岸邊的草地上……。

夢境裡的時空讓人分不清真假，我還一度以為自己闖進了哪一則童話故事中呢！

那個羅弘翔變成的精靈帕克就在我四周走動，他還要我抬頭看看，天空上那一大一小的太陽。真的，在布滿雲氣的森林上空，亮著兩環清楚的光暈。

當時，我只想盡快找到出路，對於天上出現兩個太陽如此奇特的事件，也不覺得有什麼好大驚小怪的。

「快告訴我出路在哪裡？」我急著問。

「嘿嘿，」精靈帕克滿臉狡猾的說，「也許在不起眼的山坳中，也許在亂石堆下、在樹洞中或草叢裡，你自己去找。」

「從哪裡找起啊？」我幾乎叫起來了。

精靈帕克的聲音也忽然提高了一個八度：「不是已經告訴過你，首先要找到一株盛開的野玫瑰！」

我沒說話，等他繼續說下去。

「然後你得知道通關密語——通過注意，進入記憶，別忘了

那首《野玫瑰》。」精靈帕克以相當清亮的聲音對著我說，「就這麼自然而然哦！」

我喜歡他說的「自然而然」。

這時候夢裡有霧，積漸成雲。接下來我就不怎麼搭理精靈帕克，自行順著山溝往下快步向前。半途中，我記得跟著一隻翩飛的蝴蝶經過一道瀑布，然後在瀑布旁鑽進一條覆滿松針的山間小徑。

我聽見有音樂像山風一樣襲來，優美的旋律在空氣裡震動，似曾相識，讓我感受到有精靈進駐的那種森林氣氛——我確信自己曾經聽過這首曲子，確信的程度就如同我可以確認精靈帕克就是我的隔壁鄰居羅弘翔那樣；我甚至察覺到這首曲子和媽媽有關聯，只是一時還沒想到關聯何在。

下一刻，一陣強大的側風削過我的身體，也把那節奏輕快的

音樂吹得更薄，薄到幾乎已經聽不見了。我站在空無一人的山徑上，意識到自己正在尋找一株野玫瑰；就在我東張西望之際，一股非常濃郁的玫瑰花香迎面飄來——

我循著花香前進，很快就在一片雜草叢生的野地上，真的發現了正值盛開的野玫瑰！

……男孩看見野玫瑰，荒地上的野……玫……瑰。

我看見野玫瑰。我抬頭仰望，嘴巴微微張開，驚訝得已經說不出話來——在我眼前的絕對是如假包換的野玫瑰——當然囉，男孩看見野玫瑰真的沒什麼了不起，可是呢，如果這株野玫瑰足足有三層樓高，開出來的玫瑰和籃球一樣大，這好像就稍微比較了不起一點了！

呃，我……！我依照精靈帕克告訴我的，開始朗聲唱出那首開頭是「男孩看見野玫瑰」的《野玫瑰》。

我用愉快的心情唱著《野玫瑰》。

唱著唱著，我看見精靈帕克在我的左側上方飄浮，聆聽。他的神情看起來略顯哀傷，眼睛裡浮現出一片清亮的水光，臉頰泛起紅暈。坦白講，羅弘翔到底因為什麼原因變成精靈帕克，我也不清楚。而現在，我只能多唱幾遍《野玫瑰》，看看能不能喚起他的其他記憶。

不一會兒，精靈帕克從野玫瑰枝梢的高處，摘下一朵盛開的大紅玫瑰扔給我。「把花瓣的汁液擠出來，抹在你的臉上！」

我不懂其中的用意，但也沒有猶豫，旋即用雙手搓揉花瓣，並將擠出來的汁液抹在臉上。嗯，抹完之後……，我記得出現了一頭小水鹿；接著，我便遇見了一隻大黑熊！

現在回想起來，我會遇上黑熊很可能和那頭小水鹿有關；而小水鹿的出現，我想應該和舒伯特那首《野玫瑰》有關。總之呢，夢裡的時空跳躍自有其邏輯吧。

當時，那頭小水鹿現身在我前方近處，牠似乎無視於我的存在，好整以暇地低頭吃草。而我出於好奇，逐步向牠靠近，在距離牠大約十公尺時便被牠發現。牠舉起

前蹄往地上蹬，我猜想牠會因為不高興而衝撞過來，但牠蹬踩了幾下之後，卻轉身就跑。

「快跟上去，跟上去！」帕克驚急的叫聲現在仍在我的腦袋裡環繞著：「小水鹿就要帶你離開這裡了！」

我當然毫不猶豫，快步追上去。

氣氛突然緊張了起來，森林裡開始出現動物的叫聲。我跟著小鹿繞過一處崩落的碎石坡，通過一條S形棧道，又穿越一大片草坡，然後停在一面陡急的峭壁前。小鹿仍不時的回頭看我。然而就在我暗自慶幸沒有跟丟時，牠竟然就在我眼前憑空消失了——

也就是在這個時候，當我仍在搜尋小鹿的蹤影時，一隻黑壓壓的大黑熊，突然從樹叢裡走出來！

我害怕極了，所以印象非常深刻。大黑熊的眼睛明亮有神，像兩顆紅寶石閃爍著鋒利的光芒，胸前的白色V字形紋毛清晰可見——天啊，我居然遇上了台灣黑熊！

我首先想到的是爬樹……，要不然裝死……？

接下來我想逃走，但很快就發現難以如願；我的雙腿忽然變得痠軟無力，而且沉重得像是被綁了鉛塊似的，舉步艱難。

大黑熊步步向我逼近，牠站立起來，胡亂揮動牠的前掌。我奮力爬上一棵大樹，卻聽見身後傳來精靈帕克的大聲叫喚：

「張、大、久——不能爬樹啊——」

在這個危急時刻，我低頭往樹下看，只見那隻大黑熊已經跳上樹幹爬了上來。牠爬樹的速度好快，眼看牠就要抓住我的時候，我居然渾身使不出力氣；也因受到很大的驚嚇，我尖叫了一聲，隨即從夢境中驚醒過來——！

驚魂未定的我，全身發汗，坐在床上久久無法回神。夢裡的

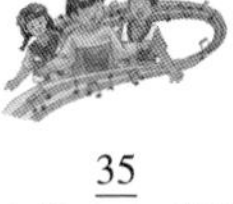

情境實在太逼真了，甚至還能聞到森林裡的草香，和木頭腐爛的味道，那隻大黑熊更是「栩栩如生」。

我拭去額頭上的汗珠，慶幸自己只是作了一場夢。現在，我

確定身在舒適的床鋪上，聽見遠處傳來汽車加速的聲音。南風這時候從窗戶吹進來，像一陣優美的旋律襲來；我又開始想著夢裡那首似曾相識的曲子，那是一首能讓我感受到森林氣氛的音樂。

這時我想起媽媽送給我的禮物：古典音樂全集。我很快意識到夢裡那首音樂或許就是……

我迅即翻身下床，快步走出房間，在客廳的櫃子裡拿出媽媽送我的那套古典音樂全集。那片ＣＤ還在音響的播放盤上。我按下播放鍵，客廳裡隨即瀰漫著熟悉的氣氛……以法國號渾厚的聲響宣告開端，接著出現如同妖精們嬉戲的弦樂器；輕快的節奏，優美的旋律，讓人彷彿置身在深邃的森林中……。

我瞥了一眼曲名：《仲夏夜之夢》。

3 遇見莫那魯道

媽媽出國的第二天早上，爸爸開車載著我和我的登山單車，我們從台北出發，沿著高速公路南下；途中在台中稍作休息，再經由霧峰、草屯、埔里，整整花了一個上午和一點點下午的時間，於午後一點多抵達南投縣仁愛鄉。

當我們到達知名的霧社景點時，爸爸刻意選在霧社事件紀念公園前停車休息。記得以前到瓦浪舅舅家途經這裡，對這個冷清的紀念公園沒什麼印象；但後來因為電影《賽德克・巴萊》造成的效應，公園現在居然成了照相都要排隊的熱門景點。

我和爸爸自然不能錯過，也在莫那魯道的紀念雕像前，有模有樣地擺出「英氣勃勃」的姿勢，拍了好幾張照片。

下午兩點多，瓦浪舅舅到霧社接我們，然後一起前往廬山溫泉，到一位村長的家裡拜訪。瓦浪舅舅說，這位村長可是莫那魯道的後代子孫呢！

村長非常熱情的招待我們，還邀請我們到附近的野溪烤肉、泡溫泉。這種野溪溫泉泡起來真令人心曠神怡，比起在大飯店裡泡人工浴缸要舒活得多。

隨後我們告別了熱情的村長，由瓦浪舅舅開著爸爸的休旅車，載我們回他位在靜觀部落的家。

我們沿著產業道路一路曲折前行，沿途只聽瓦浪舅舅指著附近的山頭說，這是某某山、某某峰；但遠山和近峰沒有一座

是我認識的。

幾次峰迴路轉，我們的休旅車突然間闖進一團厚重的濃霧裡，讓原本還可以近看或遠觀的高山風景，瞬間躲進了「迷霧雲盾」間；而我們彷彿乘著浮雲，置身在飄渺的仙境中。

隨著山路蜿蜒，休旅車再次從雲裡面鑽行而出，這時我驚見前方大約二十多公尺的路面上，站著一隻色澤鮮豔奇麗的大雞……雞的臉部和雙腳為紅色，羽毛主要為深藍色及黑色！

我忍不住驚呼一聲：「好漂亮的雞哦！」

大雞見到突然出現的汽車，馬上展開牠的翅膀，拖著長長的尾巴，一陣輕煙似地竄進路旁的野地裡去。

「那不是雞啦。」瓦浪舅舅笑著說，「那是一種大型的雉雞，是我們台灣的特有種——藍腹鷴！」

「牠的羽毛這麼鮮豔，加上長長的尾巴非常漂亮，恐怕被盜

獵的機會很高吧？」爸爸問道。

「這隻是公的，牠的羽毛比母的還亮眼。」瓦浪舅舅點點頭。「藍腹鷳因為瀕臨絕種，現在已經列入保護，所以非常的稀有，而且珍貴。」

爸爸這時也說，這裡的森林大部分都未開發，這麼純淨自然的原始林地，才可能養得起這麼珍貴的藍腹鷳。

「清晨和傍晚是牠最常出現的時候，能看見牠，是很難得的幸運喔。」瓦浪舅舅作了這樣的結論。

我的直覺也告訴我，這肯定是非常難得的幸運喔！

傍晚時分的山路幾乎沒有其他人車，沿路瀰漫著草木特殊的芳香，偶爾迎面而來的山嵐雲氣，讓我迫不及待地想騎上單車，享受騰雲駕霧的快意。

隨著天色慢慢的暗下來，我感受到一種身在荒山野嶺的緊

張，一種冒險遊戲即將展開的興奮和期待——我猜想，肯定還有許多新鮮的事情排隊等著發生吧？

山上的第一個夜晚，瓦浪舅舅為我舉辦了一場別開生面的營火晚會，而且夜空還真的是「眾星雲集」，密密麻麻的星星像鑽石般閃亮——

要不是我親眼目睹，實在很難相信「星羅棋布」這句成語，它所形容的夜空景象會是真的。

瓦浪舅舅在空地上生起旺盛的營火，有人假裝酒醉並且開始高聲唱歌，左鄰右舍也都圍聚過來。每個人都開心地坐在營火四周，篝火紅光照映在大家的臉上。

我和眾人一起吃著沙韻舅媽準備的零食和烤肉，月光曬在我們的臉上，每個人都眉飛色舞，唧唧咕咕地把說出來的話「發

酵」成神秘的傳說。

瓦浪舅舅表示，圍在一起烤肉，是部落族人很重要的日常行為，也是一種交誼活動。坐在火堆邊就像坐在客廳或是餐廳，大家吃點東西，說說唱唱，聽年紀大的老獵人傳授他們的經驗。

鄰居老人歐拉姆也出來湊趣，他是一個經驗豐富的老獵人；他在火邊娓娓道出山上的各種事情，年輕獵人聚精會神，小孩子好奇聆聽，加上不斷有人添入笑聲，這樣圍著火光的夜晚甚至比白天的經歷都還重要。

我非常喜歡大夥圍在一起烤火的氣氛，讓人捨不得走開呢。

瓦浪舅舅趁著大家圍坐的機會，宣布他幫我取的名字——「哈勇・阿慕伊」。

「哈勇」就是我，「阿慕伊」是媽媽；瓦浪舅舅解釋說，泰雅族人命名的方式只有名，而無姓，取名時在嬰孩的名字後面加上父名或母名，以表示血緣關係——哈勇・阿慕伊，任誰聽了都知道我是阿慕伊的孩子。

今天下午邀請我們泡野溪溫泉的村長先生，也從廬山來到靜觀部落，和大家一起同歡。

村長介紹我認識他的孫女伊娃，和伊娃的堂哥巴桑；伊娃和巴桑也住在靜觀部落，年紀和我差不多。

第一次見面，巴桑送我一塊山羌的頭骨，骨頭上還留著頭角，讓我掛在胸前；伊娃則當場用芒草編出一隻雞送給我，我猜想這隻雞就是藍腹鷴。

這時大家的談興正濃，而月亮就掛在我們的頭頂上，照耀著大地；月光下的山林籠罩著一襲淡淡的紫色，山夜的氣氛讓人感到彷彿時光倒流，回到了太古時候。

我隱約聽見遠處森林傳來夜行動物的叫聲，近處也有貓頭鷹

不停地咕嘟咕嘟。我突然想起我夢見的那座森林，和那隻緊追著我的大黑熊！

我轉身問瓦浪舅舅：「萬一在山上遇見熊怎麼辦？」

我的問題引來大家的興趣，每個人不約而同看著瓦浪舅舅，營火四周隨即鴉雀無聲。

瓦浪舅舅笑而未答。

我又問他：「遇到熊的時候，可以爬樹嗎？」

巴桑坐在我旁邊，他急著用肩頭撞了我一下：「不行啦，台灣黑熊的拿手本領就是爬樹！」

瓦浪舅舅點頭微笑，表示同意巴桑的說法。呃，我倒吸一口冷氣，暗自慶幸自己是在夢裡遇見那隻大黑熊，而不是在真實的生活場景裡。然而，直覺卻告訴我，一連串事情的發生其實都是夢在連繫，既真實又夢幻；眼前的巴桑似乎就是夢境裡那個精靈帕克的化身，因為他們居然都知道遇上黑熊時不能爬樹。

伊娃這時也發表她的意見，她說：「可以躺在地上裝死。」

「不行——」瓦浪舅舅馬上糾正伊娃的說法，「台灣黑熊什麼都吃，連死掉的動物和腐肉也不放過，你裝死反而方便牠把你吃掉。」

記住了：不能爬樹、不能裝死。

……那到底該怎麼辦啊？

我看著在場的人相互交頭接耳，不一會兒便有人跟著提出不一樣的看法：

「萬一遇到熊，我認為應該往下坡的方向跑，因為熊的前腳比較短，下坡的速度慢。」

說畢，現場一陣低聲交談。接著又有其他獵人說：「不對。應該往上坡的方向跑。」

「為什麼？」

「因為……熊的體型笨重，往上爬的速度慢，所以遇到熊的時候往上坡的方向逃，牠追不上。」

眾說紛紜——

大家聽得很入迷，特別是沒遇到過熊的人。我和大家一樣聽得津津有味，並且迫不及待想盡快知道一個確定有效的方法，否則真的在山上遇見了大黑熊……，我想……我……恐怕就再也沒有辦法回家玩線上遊戲了！

突然間，我感到一陣緊張不安——往上坡的方向跑，還是往下坡的方向跑？

想著想著，我又聽見一聲聲低沉持續的「嗚……嗚……」，從近處森林裡傳來；聲音聽起來像極了恐怖片裡那種拖著尾音的鬼叫聲，害我又感到雙腿無力，手臂上起了一陣雞皮疙瘩。

我望向那一片暗不可測的森林。「是熊嗎？」

「拜託，熊的叫聲不是這樣。」巴桑嘴裡嘰咕著，「那是鴞的叫聲，鴞是貓頭鷹的一種。」

伊娃也跟著在一旁取笑我：「膽小鬼。」

這讓我感到臉頰一陣溫熱，而且非常的不服氣；要是我也跟他們一樣每天住在這裡，才不會這樣大驚小怪。

還好火光照在我的臉上，沒有人發現我的窘態。我盡可能裝出不很在意的樣子，手裡拿著一根木棍撥弄火堆，讓乾燥的木柴在火焰中發出嗶嗶剝剝的聲響。

爸爸適時地給了我一個鼓勵的微笑。

話停了好一會兒，大家都將目光停在老獵人歐拉姆身上。歐拉姆年紀最大，經驗最豐富，大家都期待他能傳授他的山林經驗，以解開我們的疑問。

接著，瓦浪舅舅舉杯向歐拉姆和村長先生敬酒，三人一同仰頭喝了一杯。

瓦浪舅舅這時對著大家說：「歐拉姆是我們部落最有經驗的獵人，他曾經在山上遇過黑熊很多次……」

歐拉姆舉起手打斷了瓦浪舅舅的話。他紅著臉，誇張的打了一個哈欠，帶著一點酒意，說：「萬一遇到黑熊，記住……不用急著逃走……」

「要不然呢？」大家的表情顯得非常的驚訝。

「我們獵人是很勇敢的啦，怎麼能逃走呢？」歐拉姆說道：

「你只要握緊你的獵刀，蹲在地上……等黑熊接近，牠會站立起來，然後……當牠撲向你的時候……很簡單的啦，你就……對準牠的心臟，用力的刺進去！」

哇——好勇敢啊！真不愧是老獵人。

這時候，大家都以欽佩的眼神看著歐拉姆，然而歐拉姆先是啜了一口小米酒之後，突然間自己卻笑了起來——接下來事情便一發不可收拾了——在場的獵人們都跟著笑了；瓦浪舅舅和沙韻舅媽笑了；爸爸笑了；巴桑和伊娃笑了；飛鼠和山羌笑了；貓頭鷹笑了；杜鵑笑了；百合笑了；野溪裡的鯝魚、石賓和苦花都笑了……

為什麼大家都笑得那麼開心啊？

我是在想，如果真的要握住獵刀，蹲下來等熊走過來，這樣對我來說，好像……有一點……太勇敢了啦！

4

聽老獵人說話

整個晚上的話題一直都離不開熊，大家你一言我一語熱烈地討論著。有關於「握著獵刀蹲下來等熊」這個說法，我想我完全不加以考慮，畢竟那對我來說只能算是玩笑，而且也太超乎我的能力範圍了。剩下來的其他方法，除掉爬樹和裝死，大概只有盡快逃走這個方式可行——可是，該往哪裡逃呢？

下一刻，我看爸爸被許多人不斷地勸酒，也顯得有些醉意；而且還在眾人的催促下高歌一曲，歌聲在月色下充滿了動人的感情。

唱畢，爸爸突然轉身對我說道：「在山上遇見熊就像我遇見你媽媽，一輩子只有一次機會。」

哇，好讚哦！

我想了很久，大概是機會難得的意思吧。於是我將爸爸說的話告訴瓦浪舅舅和老獵人歐拉姆，誰知道他們聽了之後居然哈哈

大笑起來。在我的追問之下，瓦浪舅舅才說起爸媽認識的經過……

當時，爸爸還在唸書，某次攀登奇萊山意外迷了路，在山中被困了幾天，在最後緊要關頭遇見精靈烏塔克司，並由烏塔克司帶領，走回部落，烏塔克司將迷路又幾乎虛脫的爸爸交給歐拉姆，也因此讓爸爸認識了住在歐拉姆隔壁的媽媽阿慕伊。

「誰是烏塔克司？」

「烏塔克司是我們泰雅族的精靈。」

「好的還是壞的？」

歐拉姆把嘴上的香菸吸得一亮一亮的，然後說：「帶你爸爸回到部落的是善靈。」

「你爸爸回來之後在部落裡昏睡了好幾天。」瓦浪舅舅告訴

我，「歐拉姆還請了巫師舉行治病儀式，來慰解精靈。」

經瓦浪舅舅這麼一說，讓我想起我夢見的精靈帕克，和那株高得驚人的野玫瑰；於是我說：「是精靈要巫師去找野玫瑰，然後趁爸爸昏睡時將玫瑰花的汁液擦在他臉上，讓爸爸醒來時愛上他看到的第一個人——阿慕伊。」

「誰告訴你的？」歐拉姆笑著拍拍我的頭，「你爸爸醒來之後真的對阿慕伊一見鍾情，為了親近阿慕伊，每次都藉機到部落裡找我問東問西。」

「爸爸都問些什麼？」

「和你一樣，他也想知道萬一在山上遇到黑熊該怎麼辦。」歐拉姆說，「其實喔，遇見黑熊的機會很小的啦，譬如說我們順著風向走，黑熊因此會先聞到我們的氣味，牠就會事先避開。」

我想了一下，又問：「那如果逆著風向走呢？」

「有經驗的獵人都知道，逆著風向走容易遇上獵物。當然，要小心遇上黑熊。」歐拉姆說。

同時，在場的人都收起笑臉，露出敬畏且嚴肅的表情。我們全都看著歐拉姆，期待他再多講一些精彩的經歷。

歐拉姆抿抿嘴唇，沒有顯露出特別的表情，檜木一般的膚色看起來健康結實，渾身上下散發出一種我在電影《賽德克·巴萊》感受到的那種英姿。

歐拉姆說：「在我們的傳說中，台灣黑熊是祖靈的化身，也是我們要敬畏的山神，長輩經常告誡我們，萬一在山上遇見黑熊，千萬不能驚擾牠，更不能侵犯牠，否則……」

「否則怎樣？」

歐拉姆撥開額頭上的頭髮，指著頭皮上一道明顯的疤痕說：「十多年前，我差一點就死在熊掌下……」

大家靜靜地看著歐拉姆。

「嗯，當時我在獵場裡查看我放的陷阱，意外發現一隻小黑熊掉進山溝裡……」歐拉姆的眼睛在夜色下顯得明亮有神，臉上帶著敬畏的神色，彷彿黑熊就在眼前，「我想幫助小黑熊從山溝裡脫身，就在我走上前去時……突然從樹叢裡冒出一團黑影，一隻大黑熊很快就撲過來……」

我差不多快跳起來了。「然後呢？」

爸爸這時候忽然插嘴說道：「歐拉姆的反應非常敏捷，他先是本能地往後跳開，並且快速的抽出掛在腰上的獵刀抵抗，結果……他很快感到眼前一陣昏花，視線也跟著暗下來……」

「暗下來？」

「對啊，他感到頭頂上一陣涼，伸手往頭上

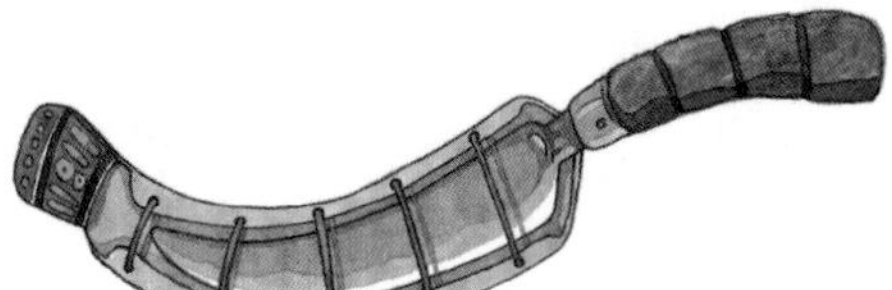

摸……糟糕……這才驚覺自己的頭皮被掀開一大片，血已經流了滿臉……大黑熊還不斷的逼近攻擊，歐拉姆最後選擇往陡坡一躍而下，才撿回一條命！」

「爸，」我說，「你怎麼知道的？」

爸爸沒回答我，卻轉頭和歐拉姆相視而笑。

瓦浪舅舅怪叫了一聲，扮著鬼臉說：「你爸爸以前追求阿慕伊的時候，每次都大老遠跑到部落裡，纏著歐拉姆問東問西，很少有他不知道的事情啦。」

爸爸的目的是想藉機接近住在歐拉姆家隔壁的媽媽。

原來如此。不過呢，我現在正全力關心台灣黑熊的事情，至於爸媽他們的羅曼史，以後再說吧。

「大黑熊追上來沒有？」我提醒歐拉姆回到話題上。

歐拉姆點點頭，又想了一會兒才說：「母熊如果帶著小熊，牠為了保護小黑熊就會主動攻擊人。那天幸好我跳下去的那面陡坡很急很深，阻斷了母熊的攻擊，才讓我逃過一劫。」

此時，山風吹來，一陣涼意。大家你一言我一語的討論著，我望著周圍漆黑的山林，感到黑熊彷彿已經從故事中走向我了。

依照老獵人歐拉姆的說法，遇見黑熊最好就是盡快遠離現場。然而，該往哪個方向逃離，和能不能當機立斷做出正確的判斷，我認為這才是最重要的。

到目前為止，今晚的話題仍圍繞在黑熊身上，為了確認我的想法，我說：「遇見黑熊最好就是盡快離開現場。」

「當然。」歐拉姆接著比出一個「噓——」的噤聲手勢，再以慎重的語氣說：「如果你看見黑熊，但黑熊還沒有看到你，那就趕快輕聲地離開，千萬別故意驚擾牠。」

「但是如果黑熊已經看見我們，怎麼辦？」巴桑聽得比任何人都還認真，而且所擔心的情況和我一樣。

歐拉姆又點了一根香菸，等把菸頭吸亮了，才慢條斯理的說：「也不必驚慌，動作不要太大，更不要突然狂跑起來和大聲叫喊，要慢慢的，很自然的離開現場。」

「最好就是安靜緩慢的撤退，繞道而行。」瓦浪舅舅這時也分享他身為林務局森林護管員的親身經驗：「有一次我走到山腰上的轉彎處，和一隻大黑熊不期而遇，結果，我和黑熊同時都嚇了一跳，轉身就逃。」

討論到此，大家笑成一團，我也對台灣黑熊有了進一步的了解，心情也比較放鬆一些。

總而言之，台灣黑熊不會主動接近人類，如果在山林裡遇見牠，一定要保持冷靜，慢慢的退開離去，不要驚慌大叫和狂奔。

我再次向歐拉姆確認：「真的不能爬樹嗎？」

歐拉姆點點頭。

「裝死呢？」

歐拉姆拍拍我的肩膀說：「那都是誤傳，爬樹和裝死並不正確，台灣黑熊從小就會爬樹找東西吃，爬樹只會使我們陷入險境，裝死也可能會真的喪命。」大家聽得入神，歐拉姆這時轉頭問村長先生：「你不是也遇見過黑熊嗎？」

村長先生眼睛閃著精光，嘴角似乎帶有一絲笑意但卻始終沒笑。他說：「歐拉姆說得對，不要裝死、不要爬樹，萬一受到攻擊……就要努力抵抗求生存，努力地逃走。」

「不是要握著獵刀蹲在地上等黑熊過來嗎？」

「唉喲，那是……開玩笑的，最好就是趕快離開，比較妥當。」

眾人又開心地笑成一團。

我坐在瓦浪舅舅身旁，抬頭望向密密麻麻亮的星空，想找出熟悉的北斗七星。半晌，我回過神來，看見伊娃對著我笑，兩顆眼珠子看起來新鮮而靈動；伊娃可愛的面龐像果樹上的當令水果，甜滋滋的——

這一刻，我勇氣倍增。果真讓我遇見了黑熊，我一定會努力求生存，努力逃走，為了能再見到可愛的伊娃……。下一刻，我為了這個突然冒出來的念頭，感到一陣臉紅心跳，趕緊避開伊娃的眼神。

我重新搜尋星空，花了幾分鐘在萬千亮點中辨識出北斗七星。接著，奇萊山上又傳來動物的叫聲，彷彿正對著我召喚：來吧、來吧……！

隨著時間逐漸過去，我開始有了微微的睡意，加上已經知道

了「遇到黑熊該怎麼辦」，心情頓時也放鬆不少。又過了幾分鐘，我沒撐住鉛沉的眼皮，靠在瓦浪舅舅身上……，一不小心就睡著了。

5

注意熊出沒

爸爸陪我在部落裡住了兩天，今天一大早就獨自開車回台北了。

我閒來無事，只因為山上真的是好山好水好無聊，便騎著爸爸送我的登山單車到處閒逛。但其實也沒有太多的地方可以逛，因為這裡有很多偏僻的路徑我還不敢一個人走進去，所以只能在產業道路上騎來騎去。

騎著騎著，我眼看四周高山和天空連綿無際，近處也只聽見風聲和鳥叫，很快就感覺到那種「一望無際」的無聊，像空氣一樣將我團團圍住。

騎累了，我就停下單車，坐在部落前的階梯上發呆，看大山起伏、溪水流動。我望著奇萊山巨大的影子，貼在山谷對面，映照出一大片較深的綠色。不久，我發現奇萊山的影子正朝著谷底移動，光陰在這裡給人的感覺好像比較舒緩，不會像箭那樣快速

飛馳。

瓦浪舅舅說這裡是台灣最偏遠的部落，也是中央山脈最深遠的部落，位在奇萊山西側的山腰上。由於這裡地處偏僻，與外界交通不易，這讓我開始想念起麥當勞和7－11了。

我看了一眼手錶：八點二十五分。巴桑這時也騎著單車出現在階梯前，他告訴我瓦浪舅舅正準備前往果園工作。然後，我們坐在階梯上一起發呆。

「伊娃呢？」我問巴桑。

「在她家呀。」巴桑反問我：「幹嘛問她？」

我被這麼一問，耳根熱了一下，也不知如何回答，只覺得心裡有股衝動，想見到伊娃的念頭一直浮現。

我們又發呆了一會兒，才各自騎上單車朝瓦浪舅舅家騎回去。

這一路的騎乘，我們都站起來使力地踩踏，想比比看誰的腳力夠、速度快。我緊握住單車把手，緊緊跟在巴桑後面，直到騎上一段連續的上坡路，我的登山單車才開始發揮它變速的功效，很快就超越了巴桑。

行進間，清涼的山風迎面吹來，我輕鬆地滑進另一段下坡路，在蜿蜒的山路上疾馳，享受著有如老鷹般凌風而行的快意——

今天瓦浪舅舅要到果園搬肥料，因為昨天貨車把運上山的肥料都堆在產業道路邊。瓦浪舅舅昨天晚上還拜託老獵人歐拉姆，住在果園的工寮守了一夜，所以今天務必把肥料搬進果園裡，以免招來偷肥賊的覬覦。

瓦浪舅舅出發前，依例進行了一次「鳥占」。

鳥占就是舉凡有重要的事情，或預備前去狩獵，主事者會依照觀測「希利克鳥」的行為和叫聲來行事。這就像有些人凡事要參考農民曆一樣。

山上有很多希利克鳥，這種鳥屬於畫眉的一種，又叫作「繡眼畫眉」。牠的身體比麻雀小一點，眼有白環，頭部藍黑色，身上羽毛大多為橄欖色，尾巴稍長。

鳥占時，如果聽見鳥聲急促，那表示不祥之兆；鳥聲悠揚，「沙依——沙依」則表示吉兆。除此之外，也要看鳥的飛行方向，來推測吉與凶。

我看著瓦浪舅舅站在門前，一邊觀測一邊聆聽，花了差不多半炷香的時間之後，大概知道了神靈預示的吉凶。他嘴巴唸唸有詞，雙手比劃了幾個手勢，然後直接走到路旁，發動他那輛專門在山路上載貨的搬運車——「爬山虎」。

左鄰右舍也有人來幫忙。這是一種在農忙時不分彼此當「伴工」，大家互相協助的方式；今天你幫我，明天換我幫你，這樣就不需要再支出額外的工錢。

我和巴桑在瓦浪舅舅的招呼下，跳到「爬山虎」的貨斗上，幾個年輕力壯的鄰居友人各自騎上摩托車，一夥人就朝果園出發。

我們沿著產業道路前進，路旁有坡度很陡的農耕地和果園。印象中，我一直記得瓦浪舅舅勤奮工作的身影，他除了是在職的森林護管員之外，還要照顧外公留下來的果園，經常在崎嶇難行的地形上工作，搬肥料、施肥、除草、採果和巡山。

「爬山虎」沿路噗噗噗噗的喘氣，它的輪胎又粗又寬，即使路況惡劣，一樣可以如履平地。以前瓦浪舅舅習慣以人力進行搬運，工作十分辛苦，後來是爸媽出錢買了這部搬運車給他，工作才輕鬆一些。

這裡由於海拔較高，每逢冬天都能望見奇萊山與合歡山的山頂雪景，而部落附近的田裡也都凝結出雪淞，地面積水甚至會結冰，頗有北國部落的味道。

「爬山虎」奮力的在山路上挺進，上坡前行不到三十分鐘已

是雲霧難分，附近的冷杉林中還傳來陣陣猴子的嬉鬧聲。

雖然現在正值仲夏，但山上季候宜人。微微涼的山風襲來，有時帶來一朵雲吞，有時吹來一陣迷霧，很有騰雲駕霧的神仙感。

我回頭望著漸行漸遠的部落房舍，部落前面是山谷溪流，後面有大山。我認得奇萊山，和北邊最高的合歡山；也認得天空上的雲，和山谷裡的濁水溪。

這時候，我忽然感覺到，瓦浪舅舅家的風景真的好像一首歌哦。

對於這裡迷人的景致，我一直有著似曾相識的感覺。

我看見山坡上有許多暗紅的花，這令我想起那首開頭是「男孩看見野玫瑰」的《野玫瑰》——好熟悉的地方，好熟悉的歌——我幾乎可以確定這裡就是我夢見精靈帕克的地方。那天晚上，我在夢裡，就在這裡，找到了野玫瑰！

我指著山坡上那些暗紅色野花，對著巴桑說：「好漂亮的野玫瑰。」

「野玫瑰？」巴桑看著我指向的那面山坡，「那不是野玫瑰啦。」

「要不然是什麼？」

「那是奇萊紅蘭——」巴桑以他的在地腔調說，「這個花，在山上開得一團又一團，它的根長得很深，老師說就像我們部落的生命力……很強健的啦。」

喔，是奇萊紅蘭。

我沒管那麼多，仍下意識唱起舒伯特的《野玫瑰》——通過注意，進入記憶——精靈帕克提醒過我，這是通關密語：

「男孩看見野玫瑰，荒地上的野玫瑰，清早盛開真鮮美，急忙跑去近前看……」

這時，風快速的吹動雲氣，我的直覺告訴我，令人驚奇的事情就要發生。我抬起頭來，從雲湧的天空中隱約看見兩個太陽的光暈，一前一後，在天頂上煥發出撲朔迷離的白光。

不久，「爬山虎」轉進一

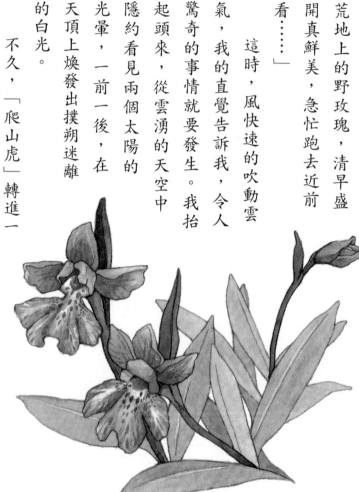

條下坡路，它一邊跟著山路下降高度，一邊用力地喘氣。我們經過一道人工堆疊的坡坎，看見天頂上的雲氣很快就被氣流帶走，天空頓時一派曠藍。

然後，我低頭鳥瞰，濁水溪就像一條掉在山谷底下的絲帶。此時，我們正通過一處開通在懸岩下的小路；為了避免懼高症狀發作，我趕緊將視線移開，最後索性閉上眼睛。糗的是，我懼高的模樣被巴桑發現，他大笑了兩聲之後，推了我一下。

我張開眼睛，想掩飾我的糗態，便故意提高音量問瓦浪舅舅：「濁水溪為什麼叫濁水溪？」

山風習習；藍鵲飛過。

「因為，這條溪夾帶了很多山上沖刷下來的泥沙土石。」瓦浪舅舅放慢「爬山虎」的速度，又說：「這些烏黑的泥水都飽含著鐵板沙黑土。」

「難怪溪水這麼混濁。」

「所以才叫濁水溪呀。」巴桑很得意地說，「這種烏黑的溪水在下游形成黑色土壤，是最肥沃的天然養分，有利於農作物生長啦。」

我故意學巴桑的腔調說：「我不懂你的明白啦。」

「笨蛋，那些黑土泥沙就是奇萊山和合歡山身體的一部分，加上下雨之後所形成的溪水，就像一條能輸送養分的血管……」

巴桑的想像力真豐富，在他的腦袋裡，各種風光景物的聯想，讓他對周遭事物的感覺都比我多了一層不一樣的觀點和想法，也讓我感到和山水、大自然的關係更加親密。

「爬山虎」又轉過幾處彎道，便抵達了果園。

這時，老獵人歐拉姆面色凝重地從果園裡走出來，並且等不及瓦浪舅舅停車熄火，就急著喊：

「停車！停車！」

接著，到場的人全都露出事情不妙的神色，聽著歐拉姆和瓦浪舅舅兩人的交談內容，並且一起走進果園。

我急著問巴桑：「發生了什麼事？」

「熊——！」巴桑示意我跟著他走，「昨天晚上黑熊跑到果園裡來了。」

熊來了！

我心裡意外感到興奮，但也有點害怕——果園裡居然出現了一頭野生黑熊，這是不是表示附近黑熊的數量應該不少？我猜想，這麼豐饒的中央山脈森林，一定養得起幾百隻黑熊吧。

我跟著巴桑一路走到工寮前，看見大家全都圍在歐拉姆身邊議論紛紛。

歐拉姆指著近處被拉扯撕裂的竹圍籬，用一連串的族語加上

片段的國語，對著眾人說明黑熊闖進果園的路線。經驗豐富的瓦浪舅舅也在四周走走看看，然後蹲在竹籬邊，仔細地查看一些可疑的痕跡。

「熊糞和爪印。」瓦浪舅舅向大家證實，「是黑熊沒錯！」

好幾隻土犬四處不停地嗅尋著。我們又看到一個裝著玉米的麻布袋被撕破袋口，棄置在蘋果樹下。沒吃完的玉米散落在地上。

歐拉姆說：「還有兩隻火雞被吃掉了！」

6

紅外線照相機

「這隻黑熊體型龐大，起碼有一百多公斤！」

天啊，這麼大的黑熊萬一遇見了，任誰都無法招架。

歐拉姆指著雞舍前遺留的血跡和雞毛說：「上個月黑熊就來過一次，那天我也在工寮裡過夜，三更半夜聽見附近的狗不停地吠叫，我忍不住走出去看了一次，遠遠的就看見一團黑影。」

「那不一定是黑熊啊。」

「是黑熊沒錯，我眼睛還沒花，地上有牠留下來的腳印，鐵絲網上也留下一撮熊毛。」歐拉姆手指向黑熊上次出現的地方，然後自顧點點頭，說：「而且，那天的月亮又大又圓。」

月亮又大又圓？我禁不住心底的好奇問道：「月亮跟黑熊出現有什麼關係？」

「月亮跟所有的動物都有關係喔——」歐拉姆說，「月圓的時候，動物的活動力特別旺盛。」

「人類也一樣嗎？」我努力地想，會有什麼關聯。

「當然囉。」歐拉姆斬釘截鐵地說，「你爸爸也是在月圓的時候認識阿慕伊的。」

緊張時刻，歐拉姆的話卻讓眾人忍不住都笑了。

我不知道大家為什麼笑，但還是陪著一起笑，反正爸爸認識媽媽又不是什麼壞事。我看著瓦浪舅舅，希望他能說出比較具體可信的答案。

瓦浪舅舅知道台灣黑熊引發了我的興趣，因此跟我說：「根據專家的研究，有可能是因為月圓時候引力的關係，所以影響了動物的生理。」

嗯，狼人也都是在月圓的時候出現。但這是電影情節，難道真的會在現實的生活中上演嗎？

真令人心驚膽跳，昨天晚上果園裡是真的有黑熊出沒啊！

「要不要報警？」

瓦浪舅舅點點頭。

歐拉姆也說：「跟管區派出所報告一聲也好，通知部落注意安全。」

我靜悄悄地從地上拾起一根火雞羽毛，滿腦子想著：不能爬樹、不能裝死……。緊接著，我的雙腿感到一陣痠軟無力，恐怕黑熊就在眼前時，會不知該如何是好。

我想，老獵人歐拉姆應該盡快幫我複習一下：遇見黑熊的時候該怎麼辦？

果園裡有黑熊出沒，部落裡人心惶惶。

隔天，林務局便會同黑熊保育協會人員趕到部落，也有記者隨行，一群人前往果園裡搜證——

根據黑熊保育協會人員研判，這隻黑熊應該是在奇萊山山區活動，意外往下走，結果通過「固若金湯」的箭竹林，然後再沿著乾涸的溪溝穿越一片冷杉森林，最後才經由登山步道走到果園。

很顯然的，如果這隻黑熊繼續穿越果園，就會通過那條開通在懸岩下的小路，然後抵達整面都是人工堆疊的坡坎，並且很快就能接上產業道路，直達部落。

保育協會人員建議瓦浪舅舅，可以將果園裡的乾糧和飼料移走，最好也不要飼養太多家禽，並且準備收音機和鞭炮，必要時用來嚇阻黑熊。

在證實是黑熊出沒之後，記者電請一位專門研究野生動物的大學教授，支援紅外線自動感應照相機。

到目前為止，黑熊事件的發展令人感到興奮和期待。如果真

的能順利拍攝到黑熊，依照記者的說法，就能夠以圖像首次讓人觀看到黑熊活靈活現，在野地裡自在行走的畫面。

我暗自祈禱拍攝順利，讓我可以在回台北後好好地向同學們炫耀一番。

過了兩天，一位研究黑熊的大學教授趕到部落，除了帶來紅外線自動感應照相機之外，還帶了一隻名叫「保力」，能在森林裡追蹤黑熊的德國獵犬。

這天，教授依例跟著瓦浪舅舅先到果園現場查看，然後一行人跟在獵犬保力後面，朝森林深處進發。

巴桑、伊娃和我，我們三個人興致勃勃的跟在後面；特別是伊娃，一路上纏著教授東問西問，看來十分崇拜這位研究野生動物的女學者。而教授也不厭其煩地解說，舉凡野外求生和各種動植物的專業知識都難不倒她。

瓦浪舅舅今天充當嚮導，他一面走一面向教授說明附近的山勢地形。幾分鐘之後，兩隻色彩非常漂亮的鳥，像一陣風那樣飛掠而過，落在不遠處的樹上。

伊娃大聲喊道：「長尾山娘——」

「嗯。牠的正式名稱叫藍鵲。」教授如數家珍，「藍鵲和烏鴉有近親關係，都屬於同科的鳥類。」

真令人驚訝。我們默默注視著這兩隻藍鵲，很難相信顏色這麼華麗漂亮的鳥，和黑漆漆的烏鴉有近親關係。

「同科的物種身上都會有共同的外型特徵、行為習性和發現地點等線索，供我們辨識。」教授繼續說道，「說起這個『科』字，它的英文名稱就是『family』，也就是『家』。」

教授這麼一說，讓人豁然開朗起來；我彷彿聽見烏鴉對著藍

鵲說：「你家，就是我家。」

山風徐徐，將悅耳的鳥啼聲吹散開來。

我們繼續在上坡的山路上前進，我開始感到有點上氣不接下氣；然而巴桑和伊娃卻是如履平地，依舊活蹦亂跳的。

一路上，瓦浪舅舅也教我們辨識動物糞便和足跡。沿途野花野草繽紛叢生，少了人為的破壞，到處都看得到巨木林立的原始林相。瓦浪舅舅發揮他身為森林護管員的專業本色，一一告訴我們：這是能吃的昭和草、咸豐草，那是白花龍膽和咬人貓；這是扁柏，那是紅檜……

這裡到處布滿了美麗夢幻的空間，陽光像電光寶劍穿透樹冠層，四周有山嵐霧氣緩慢飄移。當我們穿越過一片更形濃密的樹林，看見好幾隻獼猴在樹上對著我們齜牙咧嘴，猛力搖動樹枝，發出激動而且尖銳的叫聲。

瓦浪舅舅說：「我們闖進牠們的地盤了。」

「呵，這些獼猴相當清楚牠們的權益。」教授笑著說，「地球上有限的土地和森林都平均分配給所有的動物和植物，我們確實應該好好地審視一下我們的想法。」

我望著樹上許多躁動不安的獼猴，的確意識到自己闖進了牠們的家園，所造成的侵擾和威脅。

幾分鐘後，獵犬保力大聲地吠叫起來。我們循聲前往支援，通過一處碎石坡，進入滿是刺藤的坳地裡，最後在一條乾涸的溪澗中找到保力，牠正對著地上黑熊的糞便狂吠。

教授很快地檢視過地上的糞便，但無法斷定這些糞便是那隻闖進果園的黑熊所遺留。她十分細心的將地上的黑熊糞便收集起來，說要帶回學校做更進一步的科學檢驗和比對。

這條溪澗裡滿是各種動物的排遺，我也趁機收集了一些乾燥無味的糞便，以便日後證明我和野生動物近距離接觸的奇特經驗。

教授說：黑熊的糞便有果香味，是因為牠採食野生果實之後，沒有完全消化的結果。

瓦浪舅舅說：飛鼠的糞便可以吃，聽說有整治腸胃的功效。

我、巴桑和伊娃大聲地笑著，誰也不願去嚐嚐飛鼠大便的滋味，聞一聞味道就可以了吧。

經過瓦浪舅舅的研判和確認，他建議將兩台紅外線自動照相機，分別以由上往下及一公尺高的水平角度，安裝在矮樹上和獸徑邊，希望因此捕捉到黑熊在山林裡活動的身影。

「可是，照相機怎麼知道黑熊來了呢？」巴桑問道。

「嗯。它是利用紅外線熱感應原理來拍攝的。」教授說，「當紅外線感應到動物體溫與環境的溫差之後，感應器就會啟動照相機的快門，拍下動物的身影。」

太神奇了！

教授在瓦浪舅舅的幫忙下，將照相機固定在適當位置。她要我走進設定好的感應範圍內，以便測試照相機能不能正常運作。

WORLD

我遵照教授指示的路線走動前進。紅外線感應器很快就偵測到我的體溫，並且啟動快門，閃光燈同時釋放出一片白光，咔嚓一聲拍下我走路的模樣。

現在一切準備妥當，就等黑熊大駕光臨了。

教授說：「台灣黑熊嗅覺非常靈敏，我們必須先行離開，每隔一陣子回來查看一次。」

我迫不及待的想盡快拍到黑熊，「為什麼不留在這裡等黑熊來呢？要不然我們直接帶相機去找牠。」

「對啊，多帶幾隻獵犬一起去。」巴桑說。

「沒那麼簡單喔，遇見過黑熊的狗都怕熊，只要被熊掌劈到，非死即傷。」瓦浪舅舅說。

那麼厲害！

教授看出我們的期待，她說：「無論如何，台灣黑熊的警

覺性相當高，留在現場或是在山林裡到處走動，都容易驚擾到牠。」

所以囉，我們現在只能回去耐心等候，期待紅外線自動感應照相機順利發揮它的功能。也許利用照相機「守株待兔」並不是一個快捷的方法，但為了確保安全，也只好如此了。

今天令人印象深刻，而瓦浪舅舅帶領我們抄近路回家時，刻意穿越一處長滿爬松和野花的坡地也很有創意。伊娃一路開心地唱歌，單純的歌聲傳達著無拘無束的愉悅和滿足，在這個山上的黃昏時刻，我們都感到彷彿有一種很特殊的力量，正引領著我們走回部落。

7

找鹿，找路

今天一大早，天才微微亮，我就被大自然的鬧鐘聲叫醒——一群喜歡高聲清唱的鳥兒，牠們每天準時在破曉時刻演唱晨光序曲，清亮的啼聲讓我很自然地轉醒。

這要歸功於部落的夜晚很靜，山夜的氣氛很自然的使我進入休息的狀態，跟著大自然的節奏「日出而作，日落而息」，早早上床睡覺。我想是印證了早睡早起的必然結果吧。

醒來之後我沒有立刻下床，躺在床上想繼續「孵夢」，但就是無法再次睡去。嗯——早起的鳥兒有蟲吃，還是早起的蟲兒被鳥吃？我想了很久。

我望著窗外的天空，天色正在變化之中；先是一點淡淡的紫色，然後，很淡的藍色。不久，我看見天邊冉冉出現橘色的光影，便不再管自己到底是早起的鳥兒，還是早起的蟲兒，迅速翻身下床。

我走出房間，直接到廚房邊的洗手台前盥洗一番。可能是我發出的聲響吵醒了瓦浪舅舅，或者他比我更早起床，我轉頭見他「咿歪」一聲打開前門，讓剛醒來的晨光一腳先踩進來，同時更多的鳥啼聲也跟著擠進客廳裡。

「瓦浪舅舅，早安。」我說。

「早安，哈勇・阿慕伊。」瓦浪舅舅看著我：「這麼早就起床了？」

「對啊。今天我和巴桑、伊娃約好了，他們說……要帶我去採愛玉子。」我念頭一轉，沒說出我們其實想去安裝照相機的地方看看，雖然才經過三天，說不定已經拍到黑熊了。

「夏天山上蛇很多，出門記得穿長褲和雨靴。」瓦浪舅舅隨手從門後取出一根麻竹棍交給我，「打草驚蛇。」

我「喔」了一聲，手裡握著麻竹棍，直覺到今天很可能就要

發生什麼令人驚異的事情。然而，直覺的內容是什麼，坦白講，我還說不出比較具體的東西。就只是個直覺而已。

吃過沙韻舅媽煮的早餐之後，我換上較厚的牛仔褲，穿上雨鞋，再加上瓦浪舅舅交給我的麻竹棍，如此全副武裝令我感到十分安全。

沙韻舅媽還幫我預備了山芋頭糕和飯糰，要我放進我的小背包裡，帶去和巴桑、伊娃一起分享。

「哞嗚——哞嗚——」巴桑在不遠處發出水鹿的叫聲，當作我們集合的暗號。

我推開前門走出去，並往發出聲音的方向跑去。

部落裡的通道一路往下，是由石板階梯和土石巷弄串連起來，每一排的房子高度都不一樣，再加上房子間的距離很近，因此我一路由上往下跑，看起來就像是跑在別人家的屋頂上。

我躍過地上的小水窪，感覺自己的雙腿變得比以前強壯，可以在不平的山路上連續奔跑一段很長的距離；更重要的是，體重減輕不少。

巴桑再次發出水鹿的叫聲。我很快就看見他和伊娃，兩人坐在路旁的杉樹林前面。我加快速度向前跑，沿著一條土堤越過溝渠，繞進銜接杉林的小路，然後一個箭步，跳上巴桑身旁的大石頭上。

「喂，我來了！」

「噓——」巴桑比出要我噤聲的手勢。

我迅速蹲在巴桑旁邊。「有什麼新發現嗎？」

巴桑瞪了我一眼，手指著前面一棵大樹要我仔細看。我觀望了好一會兒才發現，原來巴桑也會鳥占——他正在觀察樹上的繡眼畫眉，也就是希利克鳥的動靜。

巴桑指出那隻正被他觀察的繡眼畫眉，牠站在枝頭上，用牠短而尖的鳥喙這裡啄啄那裡啄啄，還不時輕快的跳上跳下，又不停轉頭張望，動作靈巧而高雅。

這隻繡眼畫眉像是看穿了我們的期盼，牠從右邊的大樹上滑翔而下，落在左邊一棵較低矮的梅樹上，停留不過幾秒，旋又飛回右邊那棵大樹，而且不停的發出「沙依——沙依——」婉轉悠揚的啼聲。

「希利克鳥叫了。」巴桑用手肘撞了我一下，低聲地說：「今天的叫聲是那～麼的好聽！」

「是吉兆？」

巴桑「嗯」了一聲。

我接著說：「那表示有奇妙的事情就要發生，會是……照相機已經拍到……」巴桑用力「噓」出聲音阻止我把話說下去。

「天機不可洩露。」伊娃提醒我。

真糟糕——我這才想起瓦浪舅舅說過，鳥占只能說出吉與凶，但不能把具體的結果說出來。

要把想講的話忍住不講，實在很難受。我把臉一轉，假裝用力吞口水，把不該講的話都吞進肚子裡去。接下去，因為得到了繡眼畫眉預示的吉兆，我、巴桑和伊娃三人，我們神情愉快自信非凡，朝著一條布滿露水的小草徑走去。

今天的運氣果然不錯，我們沿著果園旁的登山步道前進，一個小時後，就在森林前的草坡上發現一頭水鹿！

「快蹲下來——」巴桑即刻展現他的帶隊權威。

因為第一次見到野生水鹿，我興奮得幾乎要跳起來，很難說

出心裡的感動。這頭水鹿肆無忌憚的在草坡上走逛。坡頂的露珠像隔夜遺留下來的星光碎鑽，閃閃發亮，十分動人。

我們躲在一塊巨石後面窺望。水鹿不時舉起牠的前蹄，重重地往草地上蹬踩，整個畫面讓我感到又走進了那場仲夏夜之夢……！也不知道為什麼，在電光石火之間，我腦海裡便浮現出精靈帕克的身影，他要我跟著水鹿走，就會遇見我想要遇見的。……遇見什麼？

台灣黑熊！我想起來了。

對啊，會遇見黑熊。我忍不住激動的情緒說：「跟著這頭水鹿，別讓牠跑了。」

「你真是個加料的笨蛋——」巴桑也跟著叫起來，「水鹿的聽覺靈敏，警覺性高，我們還沒跟上去，牠早已經不知去向

了。」

「可是，」我搶著說，「牠會帶我們找到黑熊！」

巴桑和伊娃滿臉迷惑。

對啊。我低頭想了一下，這才發現自己根本說不出個所以然來；況且，夢裡情境的演變根本毫無邏輯可言，我該如何說服別人相信我的夢呢？

水鹿這時候發出「哞嗚——哞嗚——」的叫聲，就和巴桑發出的暗號聲一樣。我心想，牠也對我們發出暗號了。只見牠前蹄又往地上蹬了幾下，模樣看起來像在生氣。一分鐘之後，牠轉身飛奔離去。

「水鹿發現我們了！」我的腦海中還留著水鹿轉身離去時，毛皮在陽光下所反射的光澤。「快跟上去。」

我不理會巴桑和伊娃有什麼反應，率先朝水鹿蹬蹄的草坡跑去。我手裡握著麻竹棍，從容地繞過草坡前好幾塊白色巨石，然後沿著一條滿是鹿糞的小路往上爬。

「砰——」

突然，我聽見草坡旁的森林傳出一聲巨響，心裡受到驚嚇而停下腳步。

「槍聲？」我看著巴桑。

「嗯。」巴桑也看了一眼伊娃。「這時候怎麼會有槍聲？」

「應該是部落裡的獵人吧？」我問道。

伊娃搖搖頭。

「現在不是我們狩獵的時候。」巴桑說，「為了讓動物生生不息，在動物繁殖的最盛期，不能打獵。」

「那會是誰在這個時候打獵？」

巴桑沒說話，臉上一副「你問我，我問誰」的表情。

然後我們決定繼續前進，一路沿著小路走。幾分鐘之後，我們經過一間破舊的獵寮，接著再繞過一個小圈谷，便來到水鹿剛才跺腳蹬蹄的那一片草坡。

草坡上有幾窪雨後積水，整個地勢如果除去高低起伏的小丘，還真是一望無際，頗有塞外「風吹草低見牛羊」那種遼闊的感覺。

這時，我們正想坐下來休息，卻意外發現小水窪旁邊有一副完整的動物骸骨！

我好奇的撿了一根長長的白骨仔細端詳，「是熊的骨頭

嗎？」

「拜託——你是智障喔，熊的頭頂上能長角嗎？」巴桑說。

經過巴桑的提醒，我才注意到這副骸骨的頭骨上有角，一看就知道是一隻公鹿，害我臉上一陣溫熱。

我們決定不作停留，繼續朝水鹿消失的那道稜線趕去。我仍然率先起步，走在平緩寫意的綠色草毯上，在幾塊隨意錯落的灰白色巨石間迂迴前進。

當我們終於繞過最後一塊巨石，站在小稜線上望向另一側山坡，這才發現那是難以行走的陡坡。我們站在稜線上觀望，視界裡卻已不見水鹿的蹤影，而草坡上也完全沒有任何路可走。在前有陡坡，後退無路的情況下，巴桑決定帶我們轉進草坡左側的森林。

我問巴桑：「是不是迷路了？」

巴桑沒理會我的提問，逕自坐在地上歇喘。

這一刻，我望著近處的天空，上升氣流迅速操縱著雲朵的變化，快速流動的雲氣像迷霧那樣瀰漫起來；不過才幾分鐘光景，整面山坡已被大霧所籠罩。

我的直覺又來了。

我大聲的說：「一定是我們忘了唱舒伯特的《野玫瑰》，迷霧才因此將我們團團圍住。」

巴桑和伊娃用一種奇怪的表情瞪著我看。

「假如我們沒唱這首《野玫瑰》，水鹿就不會帶我們去看我們想看的。」我急著解釋，「這是通關密語——」

什麼？

「通關密語？」伊娃問道。

突然間，我發現我根本無從解釋直覺的內容。我開始擔心起來，因為，水鹿和山路都不見了！

8

深林危機

坦白講，身在白茫茫的雲霧裡真令人心慌。所幸山上雲氣的移動來得急去得快，正當我們努力辨識方位之際，一陣強風越過小稜線，快速地將籠罩的雲氣一掃而空。

視野再度開闊起來，巴桑帶著我們從小稜線上沿著草坡的邊緣下切，之後轉進毗鄰的那座森林。

巴桑很認真的走在前面開路，我看他忙著撥開叢生的草枝和藤蔓，還得費心拉下蜘蛛四處掛上去的網。我擔心找不到出路，但看到巴桑滿臉自信的表情，我也只好默默地隱藏自己的不安，硬著頭皮跟在後面。

我們低頭走進一條被雜草包圍的小路，路徑看起來像是有人刻意打通。我問巴桑：「這是獵人走的路嗎？」

「是動物走出來的。」巴桑說。

這裡樹蔭蔽空，不時有山羌的吠聲傳來，很有近距離的臨場

感。我們大多在草叢裡鑽行，路跡有時明顯，有時需要花點時間判斷。半個小時後，巴桑突然停下來，並且索性坐下來歇喘，臉上帶著困惑的表情。

我趕緊問他：「路又不見了？」

巴桑沮喪地點點頭。我看著腳下的路徑在繞過一塊巨石之後，突然被一條布滿怪石的山溝給阻斷了！

眼看巴桑束手無策，我和伊娃只得靜候在旁，期待他盡快恢復帶路的自信與權威。同時，我也低聲唱起舒伯特那首《野玫瑰》，當作是一種祈禱。對啊，精靈帕克說這是通關密語。我默默的相信。

三分鐘過後，巴桑突然一反剛才沮喪的神態，精神抖擻地說：「我想起來了，教授安裝自動照相機的地點就在附近，我們沿著這條山溝走下去應該沒錯。」

這次換成是我和伊娃兩人相互對看。

巴桑又說：「你們看不出來嗎？」

看不出來。我環視周遭的景物，真的感覺不到任何令人眼熟的地形地物。

巴桑帶我們轉進山溝。我們將注意力都集中在走山溝所遇到的崎嶇地形上；因為山溝非常難走，幾乎是走一步滑半步，有時重心不穩，一腳踩進水裡，徒增緊張的氣氛。

沒多久，我們聽到一陣尖銳刺耳的聲響，聲音來得突然而且令人不安，像某種高速機動器具正在全力運轉。巴桑和我很有默契，我們一同爬上山溝旁的一塊巨岩，像蜥蜴那樣趴著往外窺探。

視線所及之處，附近的山坳裡人影晃動。好幾個工人模樣的壯漢站在一棵巨木旁，有人手上拿著著鏈鋸正在鋸樹，現場散發

出一股濃烈的木頭香味。

「山老鼠！」巴桑看起來很緊張的樣子。

我望著那邊，有許多被鋸下來的樹頭，倒木的樹根已經清理出來，樹幹被「大卸八塊」。我想起看過山老鼠盜伐的相關新聞，這些人目無法紀，無視保護森林資源的重要性，讓森林陷入人為的危機中，實在非常可惡。

瓦浪舅舅跟我說過，山上被盜伐的巨木都是好幾百年，甚至千年以上的生立木；然而，只要短短的幾分鐘，這些高大壯碩的大樹就被鋸倒，再也站不起來了！

「怎麼辦啊？」我轉頭看著巴桑。

巴桑不發一語。

我們從巨石上爬下來，我看巴桑從口袋裡掏出他的彈弓，並且迅速地從地上拾起一顆石頭，銜在彈弓上，拉長彈弓作瞄準狀……

伊娃這時出言制止：「不行——」但已經來不及了。石頭應聲飛射出去，緊接著盜伐現場傳來「哎喲」一聲慘叫！伊娃及時拉著我和巴桑蹲下來。「笨蛋，這樣正好告訴山老鼠我們在這裡。」

伊娃神色緊張的模樣也感染了我，但在伊娃面前我還是故作鎮定，想找機會表現我勇敢的一面。

巴桑也毫不遲疑，他以非常果斷的語氣說：「我們到派出所報案。」

「當然，我們不能坐視不管。」我脫口而出。

如果不將這幾隻山老鼠繩之以法，那麼還會有更多珍貴的樹木要遭受毒手，野生動物也會跟著遭殃。可是，我們現在身處荒山野嶺，要走回部落的派出所報案，又談何容易啊！

藍鵲飛過——

正當我們急得有如熱鍋上的螞蟻時，伊娃卻一反剛才擔心受怕的樣子，她居然以平淡的口吻說：「來，讓我們一起祈求神靈助我們一臂之力。」

天啊，在這個節骨眼上才想要祈禱，會不會有「臨時抱佛腳」的嫌疑呀？但想歸想，我還是學伊娃閉上眼睛、雙手緊握，虔誠地跟著祈求了起來。

伊娃口中唸唸有詞，一長串的祈語我只聽到最後兩句；她說：「在烏塔克司的照看下，有人的平安——」

我和巴桑安靜地跟著祈禱。然後，我覺得祈禱的力量似乎還不夠，於是我說：「讓我們祈求所有的神明都來幫忙吧！」

這次，巴桑和伊娃沒有再追問什麼，於是我帶頭唸著：烏塔克司、阿彌陀佛、耶穌、阿拉、觀世音、媽祖、聖母瑪利亞……。我們壓低聲音，各自祈請認識的神明前來相助。不久，刺耳的鏈鋸聲突然間停下來，我們也跟著閉上嘴巴，緊張地盯著山坳裡的動靜。

接著，我們發現山坳旁的樹叢上出現幾隻獼猴，牠們在樹上快速移動擺盪，並發出激切的叫聲。猴子的出現，很快將山老鼠的注意力吸引過去。其間，我還看見有猴子朝山坳裡扔擲樹枝，表達牠們的不滿。

過了不久，山坳裡又傳出鏈鋸激烈傳動的聲響。我們暫時都鬆了一口氣，慶幸山老鼠沒有發現我們的行蹤。經過這一路的奔走，我們又渴又餓，我趕緊拿出背包裡的山芋頭糕和飯糰，藉以補充消耗的熱量。

等吃飽喝足，我們再度邁步前進。這時天空上有厚重的雲層移動而來，森林裡開始變得陰暗，眼看可能會有一場急驟的午後雷陣雨就要下下來。

我們前進的隊形依舊，巴桑在前面開路，伊娃居中，我殿後，順著山溝往下的走勢，一路陡下。雖然才剛填飽肚子，但在這麼崎嶇難行的山溝裡，我還是漸感「下坡無力症」正在發作。

山溝裡有很多泥坑，石頭也很濕滑不好踩，我們幾乎是連滾帶爬的往下滑進；幸好山溝旁的矮樹叢長得旺盛茂密，才不至於被山老鼠發現我們的狼狽相。

我們終於找到教授安裝相機的地方，就在山溝盡頭的附近。巴桑很快便作出確認，我們只要繼續沿著擋住山溝的那一條路徑走，之後就能接上登山步道，然後回到瓦浪舅舅的果園後面。

我迫不及待地想快點趕回部落報案，可是就在我想提醒巴桑繼續前進時，我們右側的草叢卻突然劇烈的搖晃了好幾下，並且

發出「沙沙」的摩擦聲——

我心頭一震：會不會是台灣黑熊？

我們互相對看，大家都猶豫了起來，也沒有誰敢先上前一探究竟。接下來，我的直覺再次發出訊號，要我放膽上前。我無法抗拒直覺的召喚，而且就在這個瞬間突然意識到，自己似乎又走進了仲夏夜之夢，聽見優美的旋律流洩著，精靈像蛋白一樣在空間中遊戲滑動。

我下意識又唱起《野玫瑰》，然後拉著巴桑一起慢慢的靠上前去。

我伸手撥開會割人的芒草，巴桑勇敢地跨上前去擋在我前面，我們同時看見一隻小鹿不知為什麼倒吊在半空中，奮力掙扎。小鹿的體型很小，一看就知道是幼獸。

「鹿媽媽呢？」伊娃問道。

「妳去問小鹿呀，我怎麼會知道。」巴桑扮了一個鬼臉，「我猜鹿媽媽可能被那幾隻山老鼠嚇跑了。」

不過，根據我的直覺判斷，鹿媽媽應該就是我們在大草坡那邊發現的，那隻急得蹬蹄的大水鹿。原來鹿媽媽一路將我們誘至森林，是要我們幫牠救這隻小鹿。

小鹿誤踩了吊子陷阱。這套陷阱裝置，是利用樹幹彎曲後的彈力，並以鋼絲固定樹幹的彎度，地上的繩圈和卡榫則加以偽裝覆蓋，等動物一腳踩進繩圈扳動卡榫，彎曲的樹幹會立刻彈直，將誤踩陷阱的動物吊在半空中。

我們仔細看過這套陷阱裝置之後，巴桑馬上說：「我們將樹幹彎回來。」

我當然知道巴桑的用意，他要將樹幹彎成原來的彎度，小鹿就能接觸到地面，我們也才能將小鹿從吊子陷阱中救出來。

我們很快就將樹幹彎下來。小鹿一碰觸到地面，可能因為受到驚嚇，又藉著樹幹彎曲的反作用力，把自己用力一蹬，彈了上去；然後又下來，再彈上去……反覆跳動……。巴桑一個箭步跳上前，使力抓住小鹿，再趁機將套住小鹿的繩圈解開。

這時的小鹿，知道自

己脫離了吊子陷阱，馬上奮力一躍，下一秒就消失在草叢裡不見蹤影。我來不及反應，恍惚間，還以為小鹿會溫馴的接受救援，然後依依不捨地離開。

我的直覺告訴我，我又告訴巴桑：「小鹿一定會回來報恩的，信不信？」

不信。伊娃笑著搖搖頭。

「我覺得……小鹿為了報恩，會帶我們找到黑熊。」我說。是這樣嗎？其實我不敢告訴巴桑和伊娃，我們很可能走進了那場仲夏夜之夢。如果不是我想得太多，我真的直覺到許多事情的發生，都是因為夢在連繫。

為了營救小鹿，我們竟然因此忘了自身的危險，這樣的情操，連我自己都感到肅然起敬。——由於我們造成的騷動和聲響，山老鼠已發現有人隱身在山溝這邊的草叢裡。

「誰在山溝那邊，快出來——」山老鼠大聲喊道。

真是糟糕！

「快逃——」巴桑在緊要關頭適時展現了他的勇敢，「你們先走，我隨後就到。」

我和伊娃鼓起勇氣，迅速往前跑，跳，追，趕……連滾帶爬，一路陡降。我回頭望了一次，只見巴桑手裡握著彈弓站在山溝前，模樣雖還稱不上「氣壯山河」，但也頗有「一夫當關」的氣勢；和莫那魯道比起來，也非常「莫那魯道」了！

9 向山老鼠宣戰

綿綿密密的烏雲堆滿山頂，部落也被厚重的雲氣籠罩，眼看著一場大雨就要降臨。

我和伊娃費了九牛二虎之力才回到部落。我們惦記著巴桑，擔心他的安危，即使早已精疲力盡，但還是硬撐著往前邁進。伊娃不愧為山上的孩子，她一路快步走在我前面，還不斷交替小跑前進，害我一路跟得很辛苦。

我不停的大口喘氣，感覺就要虛脫，但還是一鼓作氣開始最後衝刺。就在我大步跨上部落前的階梯時，大雨跟著嘩啦啦地傾盆而下。

原本我已汗流浹背，再經過大雨的洗禮，全身更是完全濕透，就連視線也變得朦朦朧朧的。

最後我和伊娃同時到達瓦浪舅舅家：

「瓦浪舅舅……」我上氣不接下氣，幾乎說不出話來，「快

點報警。」

瓦浪舅舅滿臉驚訝的神情：「發生了什麼事？」

「有……山老鼠！」

靜默了大概三秒鐘，伊娃很快又接著說：「在教授安裝照相機的山溝附近，有人正在偷鋸樹木！」

「那是盜林！」瓦浪舅舅急切地說。「巴桑人呢？」

「他為了引開山老鼠的追趕，要我和伊娃先回來，自己留在後面當誘餌。」

「當誘餌！」

老獵人歐拉姆這時也從隔壁過來，瓦浪舅舅隨即將有人盜伐的事情告訴他。沙韻舅媽接著遞給我和伊娃乾毛巾，示意要我們先擦乾頭髮再說。

我很快地擦過被淋濕的頭髮和手腳，然後將我們一路上山和

一路下山的全部經過，徹頭徹尾說了一遍；我像是在轉述那場仲夏夜之夢，再次身歷其境，還將巴桑最後勇敢的表現誇耀了一番。

「要不要報警？」伊娃問道。

「當然。」歐拉姆說，「山老鼠侵犯了我們的祖靈，這是非常嚴重的事情啊。」

「我現在立刻通報警察局。」瓦浪舅舅顯得十分生氣。「森林裡的紅檜與扁柏都是大自然遺產，為了國土保安和森林資源，向盜伐的山老鼠宣戰是保護森林最為重要的工作之一。」

對啊。盜伐山林的危害，真的不容小覷！

有人盜伐的消息很快傳遍部落。

這天下午四點不到，村長和多位部落長老都到派出所了解案

情。同時，巴桑也返回部落，並在歐拉姆和瓦浪舅舅的陪同下，到派出所向大家說明更進一步的現場情況。

大家越聽心情越沉重，其中一棵千年紅檜也慘遭毒手。

「這棵紅檜我在巡山時都會特別注意，」瓦浪舅舅說，「它在我的護管紀錄上也有特別註明，主幹胸圍七公尺，推估樹齡大約有一千三百年，位置就在距離登山口八十分鐘腳程的原始森林裡。」

哇——一千三百年，我默默地想了好一會，這棵紅檜……在唐朝的時候，就已經站在這座森林裡了！

想到這棵不幸遭遇劫難的千年紅檜，連樹頭都被連根挖出來，心裡便覺得非常的難過與不捨。我忍不住問瓦浪舅舅：「可不可以再種一棵，等一千三百年以後……」天啊，那時候我人在哪裡？

瓦浪舅舅搖頭嘆了一口氣。「這些台灣僅存的原生檜木都是非常珍貴的自然遺產、孑遺植物，復育相當困難。」

「孑遺植物是什麼？」派出所巡官也聽得津津有味。

「喔，就是植物在地表經歷了重大變故，最後殘存剩餘，僅留下極少數量，甚至是唯一僅存的自然遺產。」瓦浪舅舅顯得語重心長，「如果說，這些屬於世界級的太古森林我們都無法保護，那就更別說要如何復育它們，這就更加損失慘重了。」

歐拉姆這時也顯得非常氣憤，他說：「為了我們祖靈居住的地方不再被侵犯，我們部落要組成森林守護隊。」

歐拉姆的意見當場得到眾人的贊同，村長也答應馬上公開招募部落勇士，近日起就以日夜巡邏的方式，對抗山老鼠入侵。派出所巡官也電請分局支援警力，要在重要路段執行攔查勤務，並會同林務局人員組成專案小組，進行現場查緝及逮捕。

另外，根據派出所巡官分析，這些山老鼠要將盜伐的檜木搬運下山，只能往回走到登山步道，利用步道走回產業道路，不可能反方向走往更深的山區，因為雄偉壯峻的奇萊連峰就在那邊。盜伐現場附近的山勢地形有利於查緝行動，巡官說要利用這些天然屏障來個「甕中捉鱉」。

我忍不住問瓦浪舅舅：「山老鼠要怎麼將體積那麼龐大的樹幹搬下山啊？」

「他們會把樹幹鋸成容易背負的小塊，然後一塊一塊背下山。」瓦浪舅舅說。

聽完大家的討論，我慢慢了解這些山老鼠的危害程度，遠比我所想像的還要嚴重。

村長最後決定，今天晚上先派人到登山口站崗，預防山老鼠趁著黑夜搬運盜伐的檜木下山，等明天分局派人支援，集結優勢的警力和部落勇士，即刻入山圍捕。

隔天一覺醒來，我隨即明白為什麼會有「日有所思，夜有所夢」這種說法——由於昨天我一直想著那些盜林的山老鼠，導致我晚上睡覺不停作夢，甚至從夢裡驚醒。

我被驚醒的原因並非自己在夢中遭遇危險，而是在夢裡眼看山老鼠把珍稀的野生動物都殺死了！我現在擔心的不是我遇見黑熊該怎麼辦，而是黑熊萬一遇見這些持有槍枝的山老鼠時，牠們該怎麼辦？

八點鐘左右，我和瓦浪舅舅吃過早餐，我們整裝妥當，便前往派出所和大家會合。今天上山緝捕山老鼠的行動非常緊要，對我和巴桑來說更是意義非凡，因為我們是這件盜伐案的目擊證人，也是今天的帶路嚮導。能參與這次的行動，我感到非常的高

興，也很光榮。

瓦浪舅舅照例在出發前進行鳥占，雖然結束時他並沒有說出神靈預示的吉與凶，但他輕鬆愉悅的神情卻已經說明了一切。

我們到達派出所之後，巡官先召集大家到活動中心聽取簡報，並會合其他部落勇士和荷槍實彈的警察。之後我們整隊出發，先沿著產業道路往果園前進，預計大約一個小時後可以接上登山步道。

我們經過果園之後，開始在「之」字形的山路上慢慢向上爬升。大隊人馬走在向陽坡上，沿途的山徑上滿是發亮的露珠，四周都有婉轉的鳥啼聲傳來。

我和巴桑走在最前面帶路，依照昨天走的那條往草坡的路前進。我們昨天就是在草坡上發現一隻水鹿，之後又遇見誤踩吊子陷阱的小鹿，也因此湊巧碰見正在盜伐的山老鼠。

瓦浪舅舅一路教我調整呼吸，並且練習配合步伐的節奏，走著走著，果然輕鬆不少。不久，我們抵達昨天經過的一個小圈谷，我忍不住抱怨，不能像昨天那樣和水鹿不期而遇。結果話才說完，幾隻快跑的山羌越過我們眼前高低起伏的草坡，消失在圈谷盡頭。

今天的運氣其實也算不壞了。我想。

我們朝著坡頂的小稜線緩緩移動，在幾塊白色巨石之間穿梭，隊伍整體看起來毫不拖泥帶水。我一直期盼能再次看見昨天那隻水鹿，所以心裡暗自唱著《野玫瑰》；但一直到我們走上小稜線，水鹿都沒出現。

隊伍在稜線上稍作休息。這裡的視界非常遼闊，晨霧仍舊籠罩著近坡與遠山，彷彿人間仙境。等休息完畢，帶隊巡官依照巴桑指出的路線，帶著隊伍從草坡的另一邊下切，很快進入被盜伐

的那座黑森林。

我們在早已沒有路的林中鑽行，瓦浪舅舅帶著另一名部落勇士在前面開路，用獵刀劈開叢生的雜草，讓隊伍能輕易通過。我實在佩服巴桑的記憶力，他記得昨天一路作的記號，和被他折斷的草稈。由於今天的隊伍人數較多，我們花了將近兩個小時才到達教授安裝相機的那條山溝。

我和巴桑指出確實的盜伐地點，這時山風徐徐吹來，夾帶著檜木被鋸開所散發出來的木頭香味。

帶隊的巡官和瓦浪舅舅仔細觀察了山坳裡的地形，隊伍很快便兵分三路，由巡官帶著荷槍的警察，瓦浪舅舅帶著部落勇士，悄悄地向案發現場縮小包圍……

隨著我們向盜伐現場靠近，令人心驚的鏈鋸聲也越來越大聲，空氣中瀰漫著機具溫度過熱時所產生的特殊氣味。

我和巴桑並沒有隨著隊伍向前推進，我們爬上山溝旁一處地勢較高的土堤上，居高臨下看著山坳裡令人怵目驚心的現場景象：被分割鋸開的樹身、樹頭、樹瘤，和被丟棄的樹木枝幹，四處散落。

二十分鐘後，持槍的警察和部落勇士已將現場團團圍住。我看見巡官和兩名警員率先衝進現場，巡官對空開了一槍：

「砰——」

「全部不許動！」槍聲比鞭炮還要嚇人，正在盜伐的山老鼠都被鎮住了。

「雙手抱頭，就地蹲下來。」

山老鼠見到警察，居然全都呆若木雞，嚇得不知如何是好。

原本我還擔心會發生可怕的槍戰，但現場不發一槍一彈就將

山老鼠一網打盡，真是始料未及。

警察將這幾隻山老鼠都銬上手銬，並把現場被鋸倒及切割過的巨木屍塊一一拍照存證，還一併沒收了現場的各種盜伐工具，和非法的土製獵槍。另外根據瓦浪舅舅的勘察研判，這無疑是經驗老到的盜伐集團所為，他們在案發地點搭建了臨時工寮，內有炊具和各種食品乾料，種種跡象都顯示出歹徒的作案計畫周全，背後一定有不法的財力支援。

更令人擔心的是，瓦浪舅舅懷疑在附近的山區裡，可能已有更多珍貴的樹木遇害！

10

前進熊谷

盜伐的山老鼠被移送法辦之後，部落和森林又恢復了平時的寧靜。

為了防止祖靈再次受到侵犯，村長和瓦浪舅舅召集了部落勇士，成立了一支專門打擊盜伐及盜獵的森林守護隊。昨天瓦浪舅舅輪值定點巡邏的勤務，他順道查看了教授安裝的紅外線照相機，結果發現感應器啟動過相機快門，拍攝了好幾張照片。為此，他急忙通知教授連夜趕上山。

今天一早，瓦浪舅舅陪同教授將相機收回；但相片沖洗出來之後令人大失所望，被拍攝到的是一隻長鬃山羊，而不是黑熊。

我一心期待能夠順利拍到黑熊，有照片為證，日後同學們才不會認為我吹牛。但想想也還好，這隻台灣野山羊的模樣十分可愛，牠不像一般馴養的山羊那樣，下巴留著一撮山羊鬍子，而是在喉部長出一大塊黃色斑毛。教授將山羊照片送給我，要我帶回去給同學們看。

教授說，這種自動感應照相機並不能保證一定能拍到台灣黑熊，畢竟黑熊是山林裡的活體動物，要拍攝到牠們實在是可遇不可求的事。我想，實際的情況很可能如同爸爸說的，遇見黑熊就像他遇見媽媽，一輩子只有一次機會。

所以呢，我也默默的希望，所有「一輩子只有一次機會」的事情能夠一一發生；就像我在這裡認識了巴桑和伊娃，而我也要好好的加以把握和珍惜。

嗯，這麼一想，我忽然間想念起媽媽來了。我到瓦浪舅舅家已經三個多星期，再過幾天媽媽就會回來，這段時間沒人督促我練琴、寫功課，坦白講還真有點怪怪的，心裡直惦著有些事情沒做。其實有時候想想，媽媽要我去學琴、學繪畫，我也不是真的沒有興趣，而是因為媽媽通常不先徵求我的意見，又多半以命令

的方式要我這樣或者那樣，讓我覺得一點趣味也沒有。

當然囉，我知道媽媽對我的期望，她希望能激發我對音樂的興趣，最好能變成像莫札特一樣的音樂神童。可是，並非每個人都能成為神童——況且，如果能成為和教授一樣的動物專家其實也不錯啊。

這天下午，教授特意來找瓦浪舅舅和老獵人歐拉姆；她希望藉助兩人豐富的經驗，幫她找到更有可能拍攝到台灣黑熊的地點。

要順利拍到台灣黑熊並不容易。我想。

這時，我腦海中浮現出Discovery頻道的影片，灰熊張口咬住從河裡騰躍而出的鮭魚的經典畫面。好極了，有鮭魚的地方就有灰熊！

我問巴桑：「台灣黑熊喜歡吃什麼？」

「你問我，我問熊哦！」

巴桑說得很好，我們連黑熊照片都還沒拍到，就別說還能問牠喜歡吃些什麼了。

我將目光轉向瓦浪舅舅，希望他能提供線索。

瓦浪舅舅點點頭，說：「台灣黑熊的山中生活過得很辛苦，因為牠不冬眠，而且日以繼夜都在找食物。」

「嗯。根據我們的研究，台灣黑熊一年四季吃的食物種類繁多，像高山上的早田氏草莓、玉山懸鉤子和姑婆芋果實都是。」教授接著說：「如果真的找不到這些食物，牠也會獵捕其他動物來吃。」

瓦浪舅舅和教授都沒有具體指出黑熊最喜歡吃的是什麼，那麼要在這麼深廣的森林裡拍攝牠們的蹤影，我想無異於大海撈針

吧。

幾個人就這樣沉默了幾秒鐘，而且不約而同的將目光放在老獵人歐拉姆身上。我也跟著望向歐拉姆，他表情雖然靦腆，但卻散發出一種頗為吸引人的「山林Style」。

這時候的歐拉姆當然知道該由他說話了。他說：「台灣黑熊大部分都吃樹籽，夏天有大量的楠木籽，冬天就吃青剛櫟堅硬的果實。」

我一聽到有了確切的答案，馬上興奮地叫道：「那就到楠木多的地方安裝照相機，一定能拍到台灣黑熊。」

「嗯。但最主要還是需藉助歐拉姆的經驗，這樣才能相對提高拍到黑熊的機率。」教授說。

歐拉姆聽完，隨即露出他的一號表情靦腆地說：「教授，妳太誇獎我了啦——」

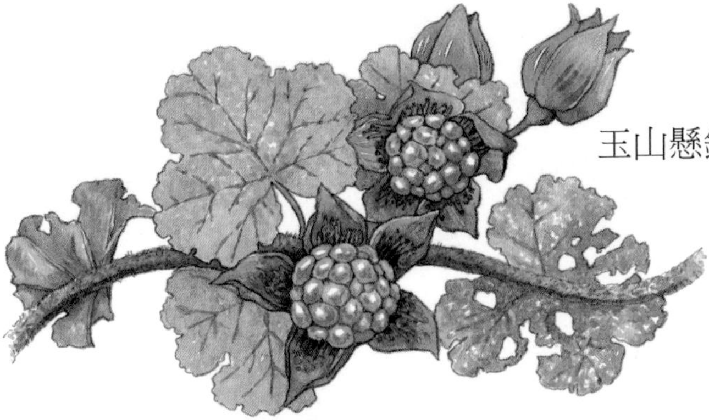

玉山懸鉤子

姑婆芋的果實

楠木籽

青剛櫟的果實

教授這天在瓦浪舅舅家聊到太陽下山，我坐在一旁安靜的旁聽，覺得自己也快變成動物專家了。我喜歡老獵人歐拉姆渾身散發出濃厚的山上生活風格，聽他在日常的對話中透露出豐富的山林知識；讓我輕易就能感受到……精靈所住的那種森林氣氛，就像……就像媽媽喜歡的那首古典音樂《仲夏夜之夢》！

我在想，如果媽媽能像歐拉姆這樣，凡事自然而然，不要老是用命令的方式跟我說話，說不定我也能變成神童喔！

將近晚餐時間，教授結束了她的拜訪。歐拉姆也答應明天親自帶教授上山，還吩咐瓦浪舅舅帶兩隻有經驗的台灣土犬，預備一起到傳說中的熊谷去看看。

哇，加上教授的德國獵犬，三隻訓練有素的「天生好狗」，肯定能讓這次搜尋黑熊的行動更加順利。

隔天，重新展開搜索行動，至於會不會發生什麼令人驚喜的事情，坦白講，即使鳥占也無法作出具體的預測。因此呢，那種「不期而遇」的事情才教人更加期待。

我想，今天比較值得一提的，是瓦浪舅舅那兩隻台灣土犬，和教授的德國獵犬。台灣土犬一隻叫「局長」，一隻叫「分局長」，牠們可是中央山脈原生的犬隻，山林活動的經驗豐富。而教授的獵犬「保力」，也是特別針對台灣黑熊所訓練出來的搜尋犬。

今天一早，我們就在歐拉姆的帶領下一路往東行。伊娃也跟來了，她幾乎寸步不離跟在教授旁邊，不停地問東問西，我和巴桑也興奮的在一旁插嘴。

「真的很羨慕你們，」教授說，「能住在這麼美麗的地方。」

「有什麼好羨慕的？」

「對啊，好山好水好無聊——」

我們吱吱喳喳的像麻雀，繞著教授纏鬧。

「怎麼會無聊呢？」教授笑著說：「你們聽得到鳥語，聞得到花香，看得見野溪裡的苦花和鯝魚，這在我居住的都市裡已經是很少見的事情了。」

「可是都市裡有麥當勞。」

「也有便利商店。」

「還有百貨公司。」

「你們說得對，都市裡應有盡有，生活機能不是偏遠的山上部落可以比擬。」教授稍作停頓，又說：「但我的童年真的沒有你們幸運，我住的地方和學校附近有許多工廠排放臭氣和污水，馬路上到處烏煙瘴氣。」

聽完教授說的話，我仔細地想了一下，心底突然感到一陣矛盾。如果說，要我從此定居部落，我恐怕自己受不了山上長時間簡單寧靜的生活，因為我現在就很想念台北的一切。然而，如果反過來要我即刻離開部落回台北，我也知道，我肯定會同樣想念部落裡的一切。

——真令人難以取捨啊！

這時，瓦浪舅舅已經帶著獵犬消失在我們的視線之外；而歐拉姆則和我們繼續「安步當車」，以較舒緩的速度前行。一路上鳥語花香，閒適的氣氛讓人不覺得走路很累，反而感到舒服而且放鬆。我覺得歐拉姆不愧是個經驗豐富的帶路嚮導，是他刻意調節徒步速度，讓我們都能輕鬆跟上。

一個小時後，歐拉姆帶我們繞過一處怪石嶙峋的山腰。我從突然開闊起來的視野裡望去，山就那樣一層又一層的往東邊疊過

去，薄薄的雲氣籠罩著密林叢生的山谷地形。歐拉姆說：「前面就是傳說中的熊谷——」

無論如何，我都應該感到興奮——這裡就是有很多台灣黑熊出現的地方！

我的手臂瞬間像是有電流通過，起了一陣雞皮疙瘩。我當然感到緊張，而且興奮，心裡不停地重複想著遇見熊的時候該怎麼辦：不能爬樹、不能裝死、不能高聲叫喊、不能……，還有，千萬不能蹲在地上等牠走過來呀！

山風無聲前行，像稻浪一樣連綿向前推展。我站在視野遼闊的山巒上，恬靜的景物讓我感受到眼前自然的山光水色之美；黑熊就住在這裡。

不久，我們再向前行，便看見瓦浪舅舅在不遠處的稜線上，三條獵犬爭先恐後地趕在前面一路嗅尋。歐拉姆這時也拔出他掛在腰上的獵刀，頭也不回地往前走去。我趕緊壓低聲音問巴桑：「歐拉姆是不是預備和黑熊搏鬥啊？」

巴桑用手肘頂了我一下。

歐拉姆聽見了，他停下腳步說：「在山路上行走，要養成隨時整理路況的好習慣，要不然哦……這種山上小路很快就會長滿雜草和爬藤，路在幾天之內就荒廢掉了。」

原來如此！我們跟著歐拉姆一路撥開擋路的枯枝朽木，看他隨手砍去雜草，還不時踩踏鬆動的路基。如果不這麼做，這條路應該很快就會被大自然下令沒收。

又過了一個小時，教授的獵犬保力在不遠處狂吠起來，叫聲聽來威武而且果斷。歐拉姆隨即帶著我們加快步伐，趕去和瓦浪舅舅會合。

我們發現獵犬保力在一棵楠樹下狂吠。歐拉姆很快就在地上

找到黑熊排放的糞便，樹幹上也有許多不明的爪痕。這時，陽光在林中晃亮閃耀；我們都非常佩服歐拉姆，能在看起來幾乎沒什麼異狀的野地裡，辨識出動物留下的「蛛絲馬跡」。

隨後，黑熊在山谷中活動行走的動線被歐拉姆一一找出來，他從褲袋裡掏出肉乾賞給三隻有功的獵犬，並且揉著牠們的腮幫子。這個時候，我驚覺這座密林附近有許多漂亮的紅花，一簇簇暗紅的花朵盤據在荒瘠的碎岩地形上，美麗極了。

11

男孩看見野玫瑰

好漂亮的紅花。

「看——野玫瑰！」我高興地對著巴桑和伊娃大聲叫道。

玫瑰、玫瑰、紅玫瑰，荒地上的玫瑰——

「不是告訴過你了，那不是野玫瑰嗎。」巴桑有點生氣的說：「那是奇萊紅蘭。」

呃——奇萊紅蘭。對啊，上次巴桑跟我說過了。可是為什麼我不能夠假想它是野玫瑰呢？這和我的直覺有關；我認為，它很可能來自於我的仲夏夜之夢。我知道那就是我夢中的野玫瑰，不為什麼，只因為我真的發自內心喜歡舒伯特那首《野玫瑰》，而且直覺到自己曾經在某個時候經歷過這首歌。

嗯，是發自內心喜歡，不是因為媽媽的命令。

對啊——通過注意，進入記憶——我不理會大家正忙著尋找安裝自動照相機的地點，獨自一個人朝開著許多暗紅花朵的碎岩地形走去。

我心裡盤算著，該如何告訴歐拉姆和教授，這次能不能拍攝到台灣黑熊，可能和我的直覺有關。我再度想起每次都考第一名的鄰居羅弘翔，和他變成的精靈帕克。

「你要會唱《野玫瑰》，這是通關密語。」帕克的聲音在我腦海裡響起。

我又回想起了夢中的情境，於是開口輕輕唱起來：

「男孩看見野玫瑰，荒地上的野玫瑰，清早盛開真鮮美，急忙跑去近前看，愈看愈覺歡喜，玫瑰、玫瑰、紅玫瑰，荒地上的玫瑰……」

我不知道自己這樣邊走邊唱了幾遍，一直唱到我轉身回頭望不見歐拉姆他們才停下來。我走過一段連續下坡的蜿蜒小路，就在往下切的過程中，不知不覺地走進熊谷下方的密林裡。

我在一片碎岩地上蹲下來，隨手摘了一朵紅花。

「哈勇——哈勇——」

我聽見巴桑的聲音，也很快意識到他是在叫我——哈勇・阿慕伊——我轉身等他跑過來。伊娃跟在後面。

巴桑跑近前來，劈頭就問：「你跑到這裡做什麼？」

「呃。你們看，野玫瑰。」我不等他們做出反應，隨即將花擰碎，再把花瓣微濕的汁液擦在臉上，「來，照著我的方法做。」

伊娃顯然有些猶豫。但我不管她到底遲疑什麼，我蹲下來又摘了兩朵紅花，交給伊娃和巴桑，要他們照著做。

巴桑率先將花瓣擰碎，接著伊娃也照做，兩人很快把汁液都塗在臉上。「然後呢？」

「然後，烏塔克司會帶我們找到黑熊。」我反問道：「你們信不信？」

「信——」這樣，接下來不管遇到什麼危險都不成問題了。

我們同時都感到有奇妙的事情正在發生。谷底這時傳來水勢洶湧的迴聲，四周筆直的冷杉剎那間幻化成巨大的野玫瑰，看似籃球般大的玫瑰花高高懸在莖幹的末端，空氣中飄散著濃郁的花香——

不出所料，我抬頭，從樹冠頂層的縫隙裡，隱約看見了兩環太陽的光暈，一個在前，一個在後。

我沒作聲，倒是巴桑焦急地提醒我：「喂，哈勇，快看，有……，兩個太陽！」

伊娃點點頭，我跟著露出「沒什麼好大驚小怪」的表情。巴桑走到我身旁，用肩膀碰了我一下，將他的帶路權威移交給我。

「接下來……」伊娃說，「就由你來帶隊。」

「……順其自然吧。」我聳聳肩。

「順其自然？」

「嗯，自然而然。」

我不多加考慮，信步朝谷底的方向，跟著感覺走。樹葉在地上發出喳啦啦被踩踏的聲音。

途中，經過幾個岔路口，我都能感覺到烏塔克司的帶領，完全不會走錯路——熊谷中有許多難以言喻的美景，讓我們享受著如同漫步在天堂的感動，感覺極為舒暢。

前進的過程相當順利，但是在快抵達溪底時卻遇到了阻礙。我們繞過一大池谷地裡的積水，才如願看見湍急的溪流；溪中巨石遍布，細沙成灘，多變的地形和景色

十分迷人。

正當我們被美麗的風景所吸引時，一隻小鹿不知從哪裡蹦出來，出現在我們右前方的一棵杉樹前。我的直覺立刻告訴我：奇妙的事情真的開始發生了！

「喂！巴桑——」我說，「你還記不記得這頭小鹿？」

「這頭小鹿？」

「你忘了，上次我們撞見一頭小鹿被困在吊子陷阱裡。」

「嗯，我想起來了！」巴桑想了一會，又說：「你怎麼確定牠就是那頭被我們救出來的小鹿？」

「直覺。就只是一個直覺，小鹿現在回來報恩了。」

話才說完，小鹿前蹄往地上蹬了兩下，之後像隻野兔子似地跳跳停停，回頭望望，再跳。

「快跟上去——」巴桑及時推了我一把。

我們從容地一路跟著小鹿，在熊谷中的各種地形上追趕跑跳。小鹿顯然和其他動物不太一樣，牠不會急著要擺脫我們，反倒是和我們保持著一定的距離，好讓我們不至於落後太多而跟不上。

走了十多分鐘，我們下到視野較為開闊的溪底。經過這一連串的追趕，三個人都好想停下來休息。溪底的風景讓人彷彿置身仙境，遠處山頭的稜線露出熠熠閃亮的金光，近處黛綠色的溪水在白沫流泡中翻滾湧動……

要不是伊娃推了我一下，我差點就忘了我們正在追蹤小鹿，而不是來欣賞風景的。我回神過來，發現小鹿站在離我們大約十公尺的草叢邊。牠搖搖屁股上黑黑短短的小尾巴，點頭，蹬蹄，回頭看了我們一眼，冷不防就竄進身旁的草叢中，不見蹤影了！

我和巴桑都來不及反應，兩人無言對看了一眼。

環顧四周，放眼所及都是蒼鬱的綠色森林，滾泡的溪水在不遠處繞過一片大岩壁，轉過一個大彎，朝南而去。我走上溪畔邊一處淺灘旁的矮丘，東眺西看，希望能再見到小鹿的身影。

不久，我聽見上游方

向傳來不知名動物的叫聲「嗚吼——嗚吼——」，對面溪岸邊樹叢上的猴群也開始尖叫騷動。

「看——」巴桑手指著不遠處的對岸大聲叫道：「台灣黑熊！」

我意識到奇妙的事情真的已經發生了。

我和伊娃不約而同朝對岸上游方向望去——天啊，我懷疑自己看錯

了，那真的是一頭如假包換的大黑熊，後面還跟著小熊，一大一小，一前一後，同時在溪流的對岸往下游的地方走來。

「快逃啊！」我心裡不斷回想歐拉姆說的話：不能爬樹，不能裝死，不能大聲喊叫，最好保持安靜避免干擾，盡速低調離開現場……！

「不要慌張，溪水這麼急，黑熊走不過來。」伊娃鎮定的說。

對啊。幸好有這條湍急的溪流擋下黑熊的進路，要不然我恐怕就沒有太多的時間來想「遇到熊該怎麼辦」了。

「那是一隻母熊，」巴桑說，「牠可能想帶著小黑熊橫越溪流？」

伊娃點點頭。

我目不轉睛看著這對黑熊母子，並且從母熊在溪邊來回搜尋

及不安的行為研判，應該是母熊想找到一條能夠越過溪流的路徑，卻因為溪水太急太深而無法如願。

這時候我們已經離開歐拉姆和教授一個多小時了，我趕緊問巴桑：「要不要通知歐拉姆？」

「當然。」巴桑想了一下，又說：「只不過等我們趕回楠樹林告訴歐拉姆，黑熊恐怕已經離開了。」

「唉呀，我們沒有照相機。」

「好可惜喔。」

確實非常可惜啊——一輩子只有一次機會。

然而，我又仔細想了一下，這麼珍貴難得的畫面，雖沒有照相機可以拍照，但經由我的視覺系統全程攝錄下來，而且儲存在我的記憶中，隨時隨地都能藉由回憶來重溫這些畫面。如此想來，就比較不覺得遺憾了。

母熊這時突然停下腳步，牠抬起頭來嗅聞空氣中的味道，眼睛朝著我們這邊猛瞧。小熊亦步亦趨跟在母熊後面，也學著到處嗅聞，還不時走到母熊身旁，發出不是很清楚的叫聲，模樣十分可愛。

伊娃說：「母熊可能聞到我們的味道了。」

「應該不會吧。」我衡量了風向和我們與黑熊的距離，「我們現在位於下風處，歐拉姆說這樣不容易被動物發現。」

巴桑沒說什麼，表示他服從移交給我的帶路權威。

我們六隻眼睛同時盯著母熊的一舉一動。牠轉身輕輕撞開小黑熊，然後便邁步走進溪流的淺處，很有可能是想試著走過來。

我猜想，大概是因為我們這邊有較多的食物可以採食，母熊才會想帶著小黑熊過來。

這時母熊又往前走了好幾步，然後，不出我所料，牠縱身躍進湍急的溪流中；眼看著水花四濺，不過眨眼的工夫就已越過了溪流。我大喊一聲「糟糕」——我們三人全都受到了驚嚇，但也沒有誰示意說要逃走，卻又同時轉身想跑。

在最緊要的關頭，我發現自己兩腿竟然痠軟無力，實在很難快跑離開，情況就和我在「仲夏夜之夢」裡時一樣，想跑但是卻不能如願。所幸，母熊並沒有發現我們，牠站在溪邊抖了抖身體，然後轉身對著小黑熊吼了幾聲。

我們都鬆了一口氣，三個人趕緊找到小鹿帶我們下來的那條草徑，頭也不回地循著原路迅速離開現場。

12

戀戀奇萊

我們回到熊谷的楠樹林後，馬不停蹄地帶著歐拉姆、教授和瓦浪舅舅，再趕往遇見黑熊的溪底，但母熊和小黑熊卻已不見蹤影。

「你們確定那隻母熊涉溪過來了？」教授問道。

我和巴桑異口同聲說：「確定。」這點毫無疑問。

接著，我將遇見這對黑熊母子的過程又說了一遍，包括一開始我想起鄰居羅弘翔在我的夢裡變成精靈帕克，以及我們合唱起通關密語《野玫瑰》，並把野玫瑰的汁液擦在臉上，因此奇蹟地看見那隻曾被我們搭救過的小鹿，然後，跟著小鹿進入兩個太陽的時空，最終遇見了一輩子只有一次機會遇見的事情……！

聽我自己這麼「娓娓道來」，這事情還真令人覺得不可思議喔。只不過，歐拉姆現在無論怎麼找，也找不著母熊走過的任何痕跡，就連三隻獵犬也沒發現任何異狀。

教授臉上掛滿了問號，她望著天空說：「兩個太陽？」

對啊。我心裡這麼想。

幾個人不約而同沉默了好一會兒——

歐拉姆首先打破沉默，他告訴教授，泰雅傳說中有一則征伐太陽的神話故事。「他們會不會誤闖到神話故事裡去了？」

「說不定真的是精靈惡作劇，把他們都帶到太古時候去了。」瓦浪舅舅附和著說。

「對啊，」巴桑叫著

跳著，「那時候天空上有兩個太陽。」

「然後呢？」

「然後……，其中有一個太陽被前往征伐的部落勇士持弓箭射傷，結果就變成光照較弱的月亮。」

再然後呢？

……連我自己也想不透，糊塗起來了。這其中有關於舒伯特那首《野玫瑰》，和媽媽喜歡聽的古典音樂《仲夏夜之夢》，以及精靈帕克、烏塔克司、兩個太陽、小鹿和黑熊的陸續出現；這麼多看來毫不相干的事，它們似乎很有默契的串連起來，要接力完成一個故事。

會不會是……我想太多了？可是……只要地球持續轉動，事情就會不斷地發生，如果一一串連起來，就會有許多精彩的故事接續發生。就這麼自然而然，不是嗎？

教授這時俏皮地扮了個鬼臉。「對啊，張大久，能不能帶著我們再唱一次《野玫瑰》，看看會不會再有什麼奇妙的事情發生。」

「請叫我哈勇——」我情不自禁地說，「我是奇萊山上的哈勇・阿慕伊，這是瓦浪舅舅幫我取的名字。」

「是的，哈勇・阿慕伊。請讓我們再唱一次《野玫瑰》。」

「當然——」我看著巴桑和伊娃，我們彼此微笑示意：「放手去玩，順其自然。」

接下來，我們自然而然唱了幾遍《野玫瑰》，清亮的歌聲引來獼猴好奇，紛紛在樹上群聚圍觀。之後，歐拉姆和瓦浪舅舅還是沒有在溪底找到黑熊的足跡，而小鹿也沒有再次現身。

這天，歐拉姆和教授決定在楠樹林和溪岸邊，分別安裝一台紅外線自動感應照相機。雖然，要拍攝到黑熊身影的日子很可能

遙遙無期，而在結束今天的搜尋行動前也沒有再見到黑熊母子，但最後瓦浪舅舅帶著我們抄近路，越過滿地的奇萊紅蘭回家，還是令人感到十分驚喜。

下午四點，我們回到部落。這時太陽已漸漸下山，瓦浪舅舅邀請教授留下來吃晚飯，並吩咐沙韻舅媽準備

好吃的在地風味餐。

經過一整天在山路上爬坡越嶺，我和巴桑仍然毫無倦意，便跟著沙韻舅媽到部落後面的山坡摘野菜，並且合力抓了一隻放養的土雞。

抓雞，聽起來很簡單，但實際上不簡單，特別是抓這種放養在野地上的雞。因為放養的土雞如果被逼急了，便會奮力拍翅飛翔，甚至學小鳥飛到樹上去，就好比「狗急跳牆」一樣。總之呢，這種雞會飛、狗會跳牆的事情，在這裡不算是什麼新奇的事。

這時瓦浪舅舅忽然跑來找我，跟我說他接到爸爸的電話，爸爸明天輪休，要上山帶我回台北，還說媽媽明天下午就會回到家。

聽瓦浪舅舅這麼一說，雖還不至於感到晴天霹靂，但心裡很

快升起一股依依不捨的情緒。我仍惦記著教授安裝的紅外線自動感應照相機，一心期待它能盡早拍到黑熊的身影。坦白講，原本我還以為可以再多玩幾天，誰知道人算不如天算，心底頓時感到有些小失落。

「想回台北了，對不對？」瓦浪舅舅帶著似笑非笑的神情說：「很久沒嚐到漢堡的滋味了。」

瓦浪舅舅這次猜錯了——我也說不上來為什麼，以前來瓦浪舅舅家玩，總會迫不及待的想回台北，但這次卻有點不太想回去。

瓦浪舅舅可能看出我捨不得離開的心情，拍拍我的頭說：「明年你再來，舅舅帶你爬到奇萊山頂上去看看。」

「哇——」我精神為之一振，「真的嗎？」

瓦浪舅舅「嗯」了一聲說：「不過你回台北之後，一定要記

得經常運動，繼續鍛鍊身體，不要每天沉迷在電腦前，這樣才行。」

我點頭如搗蒜。「明年我還要去看濁水溪的源頭。」

日暮時分，我們沿著部落裡的通道走回去。這時我看見天色像一張淡紫色的紗綢緩緩落下，然後，星星也跟著慢慢亮了起來。

今天的晚餐非常豐盛——沙韻舅媽的手藝不輸媽媽，她親手調理了滿滿一桌原始風味的好吃料理：涼拌野菜、炒山蘇花、石板烤肉、三杯土雞、烤魚、炒溪蝦、竹筒飯，還有我最喜歡吃的山芋頭糕。

飯後，我們又吃了野枇杷、野草莓和瓦浪舅舅種的桃子。然後，瓦浪舅舅又在屋前的空地上堆出一落乾木柴，同時呼朋引伴，邀請左鄰右舍前來圍聚。

瓦浪舅舅說要舉辦一場盛大而隆重的星光惜別晚會。他說今天的主角是我，也告訴大家，要歡送哈勇・阿慕伊回台北。柴堆很快就被引燃，光影和暗影在四周相互推擠，圍坐的熱鬧氣氛一下子便沸騰起來。

瓦浪舅舅煞有其事的說：「首先，我們要請哈勇說說他的臨別感言。」

接著眾人鼓掌，也有人吹口哨，有人起鬨笑鬧。

我感到臉頰發熱發燙，結結巴巴不知該說些什麼才好，腦海中浮現出許多印象深刻的奇萊山美景，和每次與各種動物不期而遇的驚喜畫面。

「快呀，哈勇，」巴桑催促我，「讓我們知道你在山上的感想啊。」

感想？我想了好一會兒，才說：「我想留下來……當奇萊山的孩子。」

「你本來就是奇萊山的孩子呀！」歐拉姆說。

這時，近處有飛鼠從星空下斜斜地滑翔而過，遠處有山羌的吠聲傳來。我猜歐拉姆一定也希望我留下來，只不過他應該也會認為我必須暫時先回台北去吧。

大家七嘴八舌地說著，當然都歡迎我留下來。可是我知道，

現在要長期住在部落裡只是隨意說說而已，不可能真的讓我留下來，至少媽媽就不可能答應我——想到這裡，還真令人覺得有點感傷。

瓦浪舅舅看穿了我的想法，他安慰我說：「你現在還是要先回去讀書，等將來完成學業之後，才有足夠的知識和能力，像教授一樣到山上研究野生動物，或者從事和森林相關的其他工作。」

「還有什麼其他工作？」我問道。

「很多啊。」瓦浪舅舅拍拍我的肩膀。「簡單地說，我們人類的生活和森林是息息相關的。」

「譬如說呢？」

「譬如說音樂呀，有許多靈感都來自於大自然。」

嗯，這樣的規劃和說法似乎相當符合我現在的處境與想法。

我喜歡部落裡流傳的故事，喜歡森林和各種野生動物。每次我走進森林，總是能立刻感覺到其中充滿了音樂和旋律。大山起伏、溪流前進、走獸奔馳、藍鵲飛過，就如同一首好聽的樂曲正在播放中。

說真的，我滿心期待有那麼一天，也能把心裡的感動用音樂表現出來。

我對著瓦浪舅舅微笑，表示同意他的說法；巴桑和伊娃也同時對我點頭示意，想必他們和我有一樣想法。現在，我們一起圍坐，火光照在每個人的臉上，有風像清涼的蛋白滑過我們的臉龐。等隔天，再過一個晚上，我……很快就要回到一個不同於山上森林的都市裡……

我仍惦記著森林裡豐盛的音樂，惦記著老獵人歐拉姆，惦記著那頭帶路的小鹿，和那對與我們不期而遇的黑熊母子。還有，

遍地開花的奇萊紅蘭……大山起伏、溪流前進……。瓦浪舅舅忽然間又問我：

「遇到黑熊的時候該怎麼辦？」

怎麼辦？歐拉姆說：不能爬樹、不能裝死……。都記住了。

我避開大家不捨的眼神，重新搜尋萬千亮點的星空，好不容易在密密麻麻的群星中辨識出小熊星座。然後，我細聽森林裡傳來動物的叫聲，我當然知道牠們正對著我說：

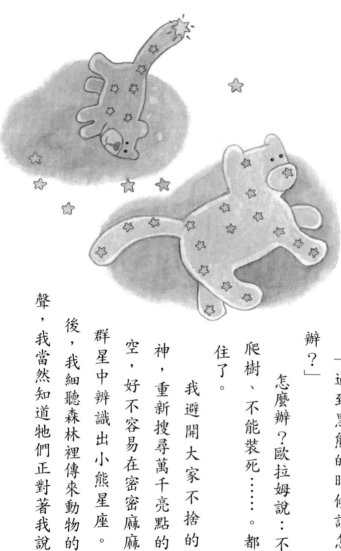

再見……再見……，珍重再見。

可能因為今天大家都累了，再加上我明天就要離開部落的緣故，今晚團聚的氣氛沒有想像中熱烈。九點鐘不到，教授便先告辭，我也累得猛打哈欠，在沙韻舅媽的催促下進屋子裡洗澡，之後早早上床睡覺。

接下來，我又在不知不覺中，走進了那一場仲夏夜之夢裡——那是在一座蒼鬱的森林中，有陽光像巨大的電光寶劍刺探進來……雲氣飄浮移動，空氣裡有濃郁的草本香，和木頭腐爛的氣味……

13

又見黑熊母子

清晨天剛亮，我就被鳥兒喚醒；早睡早起的習慣已經養成，時間一到便自然醒來。

盥洗過後，瓦浪舅舅告訴我，爸爸昨天晚上臨時決定一下班就直接開車上山，午夜十二點便到了部落，現在還在房間裡睡覺。想到爸爸今天就要帶我回去，心情難免低落，於是我獨自一個人騎著腳踏車到附近閒晃，就當作是今夏最後的部落巡禮。

剛醒來的部落風景很美，在薄霧的籠罩下，一副睡眼惺忪的模樣，感覺起來美麗又夢幻。我停下腳踏車，在部落前的階梯上坐下來，目光在幾處熟悉的景點上移動，將景物都收納到我的「記憶閣樓」裡去——

過了一會，兩隻不怕人的金翼白眉落在我的腳邊，牠們互相纏鬧、來回跳躍奔跑，其中一隻甚至落在我的肩膀上，停留了許久。我十分興奮，愉快的心情勝過學校給我的嘉獎。

我猜想，金翼白眉是來和我道別的；這次的綠野奇萊之旅，真讓人有不虛此行的感覺呢。

今天天氣晴朗，天空萬里無雲，我在階梯上發呆了好久，直到沙韻舅媽過來找我回去吃早飯。

九點整，爸爸起床準備妥當，便帶著我一同向瓦浪舅舅告辭。歐拉姆坐在他家門前與我道別，左鄰右舍也有人出來送

行，巴桑和伊娃幫忙將我的行李搬上車，沙韻舅媽也把許多在地生產的蔬菜和水果搬進車內，最後再把我的登山腳踏車固定在專用的行李架上。

我和巴桑互道明年再見，然後依依不捨地上車。當爸爸將休旅車駛離部落，我仍不時回頭張望，看著窗外的風景一一向後退開，變小，終至消失在我的視線裡。

一個多小時後，我們的休旅車經過了一路陡降，很快便回到山下的夏天。山上和山下有很大的溫差，原本吹進車內的風也由清涼舒爽變得溫熱潮濕。爸爸將車駛抵國道六號，然後直接開上埔里端交流道。

車行的速度很快。我坐在副駕駛座上顯得非常「魂不守舍」，而且發現自己的身體下山了，心卻還在山上，腦海裡還有好多景象浮浮沉沉，特別是那對黑熊母子的身影。

一路上爸爸專心開車，我也很少說話。途中我們在湖口休息站休息了一次，除了尿急上廁所之外，也順便在餐飲區買了我將近一個月沒吃的漢堡和炸雞。

繼續上路後，由於已經填飽了肚子，身體感到舒適和放鬆，一不小心便在車上睡著了。醒來時，只見路旁都是水泥叢林，高樓林立，人來人往的街道完全不同於山上的氣氛，讓我有種時空錯亂的感覺。

就在我仍舊感到恍惚之際，爸爸已將休旅車駛進我們住的大樓地下停車場。隨後，當我頭上戴著歐拉姆送給我的籐帽，出現在大樓警衛室前，警衛伯伯見到我不同於上山前白胖的模樣，忍不住和我攀談起來：

「不簡單喔，張大久——飼料雞變成土雞了！」

「我是部落勇士。」我得意的摸摸我的籐帽，「大家都叫我哈勇・阿慕伊。」

警衛伯伯看我胸前掛著一塊帶有頭角的獸骨，說：「這是象徵勇士的配飾嗎？」

「這是山羌的頭骨，可以求福避禍。」

我說完，爸爸拿了兩顆山上種的大白菜送給警衛伯伯。之後，我帶頭走進中庭花園，卻碰巧看見羅弘翔從電梯裡走出來。我很高興地快步迎向前去：

「帕克——你好。」

「什麼帕克？」羅弘翔皺起眉頭問我。

「喔，羅弘翔……」我根本不知該如何說明這整個事件的經過，和那場仲夏夜之夢，只好問他：「你剛剛去哪？」

「去補習呀。」

我靈機一動，說：「我也剛補習回來。」

「喔——」羅弘翔斜著眼看我，「你在哪家補習班？」

「在……，在歐拉姆補習班。」

「歐拉姆補習班？」

「對啊。在奇萊山上，我剛從那裡回來。」

「你在說什麼啊？」

「我……我剛從山上下來。」我忍不住說：「我還遇見台灣黑熊耶！」

「台灣黑熊？」羅弘翔馬上吹了一口氣，並且舉起雙手靠在頭頂上充當牛角，比出「吹牛」的手勢。

我正想再多說一些有關於遇見黑熊的經過，誰知羅弘翔根本不想聽，而且居然扮了一

個鬼臉，轉身就走。這真是可惡，他一定是認為我「吹牛」，我得想辦法證明這是千真萬確的事情。

進了家門之後，我迫不及待地從背包裡拿出我在山上收集的各種寶物，希望能從中找到可以證明我看見過台灣黑熊的證據。我將它們一一分類整理：有蛇皮、山豬牙、龜殼、羽毛、奇石和動物骸骨等等，還有歐拉姆送給我的竹口琴、教授給的山羊照片和我斷斷續續寫的山上日記。

我仔細端詳了好久，這些寶物肯定能讓羅弘翔大開眼界，但……它們似乎並不足以證明我遇見過黑熊，除了那本日記本以外。

媽媽返家時天色已暗，我們一家三口分離了將近一個月後，再次全家團圓。

為了慶祝這次的團圓，爸爸提議我們去吃牛排；但媽媽說她現在很想去吃夜市美食，不想再吃西餐。我想大概是媽媽出國這段時間每天都吃西式餐飲，才讓她對我們的在地美食倍覺思念吧。

爸爸和我完全可以體諒媽媽工作的辛苦，於是決定到媽媽喜歡去的夜市吃晚餐。媽媽還玩心大起，和我們約定一起「過五關，斬六將」，也就是要連吃五個攤位，任選六樣小吃美食。

到了夜市，媽媽首先選擇她最為想念的蚵仔煎；我們嘴裡一邊吃著台灣美食，耳朵一邊聽媽媽講起歐洲風情，實在也別有一番風味。

媽媽講得興高采烈：「這次我還特意帶隊參觀了維也納中央墓園呢。」

「看墳墓？」我真的不覺得看死人的墳墓可以這麼開心。

「維也納的中央墓園可是許多偉大作曲家們的長眠之地，媽媽還特別看了貝多芬、舒伯特……」

「舒伯特？」

「對啊，你不是很喜歡那首《野玫瑰》。」媽媽睜圓了眼睛說：「那天媽媽還夢見你在一座美麗的森林裡唱《野玫瑰》。」

嗯，這真的是太巧了。於是我告訴媽媽我作的那個「仲夏夜之夢」，而且我也確實和巴桑、伊娃在森林裡唱著《野玫瑰》。

「難道我的夢境和媽媽的夢境有相連的地方？」

媽媽聽完也露出頗為驚奇的表情。

爸爸說：「這就叫母子連心呀！」

經過爸爸的提醒，我也覺得我和媽媽有許多心靈相通的地方。其實我自己也知道，我的音感很好，歌聲也滿好聽的，這應該都來自於媽媽的遺傳吧。

這天晚上，我們成功的連闖了五關，連續吃了蚵仔煎、大餅包小餅、花枝羹、章魚燒、士林大香腸和麻油腰花，吃得我把腰帶都鬆開了。

回家後，我向媽媽展示了我從山上帶回來的寶物，並且將我寫的日記拿給她看——

「我們遇見台灣黑熊了！」

「哇，是真的嗎？」媽媽滿臉吃驚的表情。

我點點頭說：「當時我們一起唱《野玫瑰》，唱著唱著，奇妙的事情就這樣發生了。」

「什麼奇妙的事情？」

「就是那頭被我們從陷阱裡救出來的小鹿，牠回來報恩，並且帶著我們前進，結果就遇見黑熊了。」

「那怎麼辦啊？」

「嗯，不能爬樹，不能裝死，不能慌……」我模仿老獵人的語氣，十分詳細的告訴媽媽該怎麼辦。

媽媽還仔細地讀了我的日記本。她拍拍我的頭說：「日記寫得滿精彩的嘛。」

「可是，」我說，「羅弘翔說我吹牛，他根本不相信我在山上遇見熊。」

媽媽聽我說完，突然扮了一個可愛的表情說：「呵，那就再多唱幾遍《野玫瑰》，說不定奇妙的事情會再次降臨喔！」

這時候，我的直覺又來了；我覺得，只要經常哼唱這首《野玫瑰》，很多奇妙的事情還會一一發生。

一個星期後，奇妙的事情真的再次發生了。事情的經過是這樣的：這天早上媽媽要我下樓拿報紙，我不自覺地哼起《野玫瑰》，然後走進警衛室旁的大廳；當我從信箱中抽出報紙，不經意就瞥見報上「注意！熊出沒」斗大的標題！

我迅速攤開報紙，映入眼簾的是頭版標題下一張黑熊照片，珍貴的畫面是一頭母黑熊帶著小黑熊在溪畔活動。我一眼認出這對黑熊母子，而拍攝地點正是位在熊谷下方的溪底。

我快步趕回家告訴媽媽，並和她一起閱讀報導內容。

「是教授安裝的紅外線自動感應照相機拍到的！」

這則報導令我喜出望外。我想要將這篇報導和刊載的照片，連同我的日記本，拿給羅弘翔看，如此就能證明我所言屬實了。

媽媽還建議我將日記的內容編寫成故事，再附上報導和照片，這

樣一來就更具說服力。

有了這樣的構想之後，我立刻付諸行動。媽媽還幫我訂了一個參考標題——「在奇萊山上遇見熊」。於是，故事終於有了一個美妙的結局，接著我想好了一個不錯的起頭——鳳凰花開時——然後，我開始在電腦上打字：

看吧，光陰真的像箭一樣飛馳，老師說的話一點兒都沒錯——當時新生入學的情景還在眼前……

我停下來……看著電腦，不知道該先寫些什麼。想了很久後，突然間，我感覺到了：「箭」的速度真的好快哦！

九歌少兒書房 229

在奇萊山上遇見熊

著者	馬景珊
繪者	潔　子
責任編輯	施舜文
創辦人	蔡文甫
發行人	蔡澤玉
出版發行	九歌出版社有限公司
	台北市105八德路3段12巷57弄40號
	電話／02-25776564・傳真／02-25789205
	郵政劃撥／0112295-1
九歌文學網	www.chiuko.com.tw
印刷	晨捷印製股份有限公司
法律顧問	龍躍天律師・蕭雄淋律師・董安丹律師
初版	2013年11月
初版 3 印	2019年 1月
定價	260元

書號	0170224
ISBN	978-957-444-910-1

（缺頁、破損或裝訂錯誤，請寄回本公司更換）

國家圖書館出版品預行編目資料

在奇萊山上遇見熊/馬景珊著; 潔 子圖 .
--初版.--臺北市 : 九歌, 民102.11
面； 公分. -- (九歌少兒書房 ; 229)
ISBN 978-957-444-910-1(平裝)

859.6 102018701